Nouvelle Collection illustrée L'ouvrage c

FRANÇOIS COPPÉE

DE L'ACADÉMIE FRANÇAISE

Vingt Contes Nouveaux

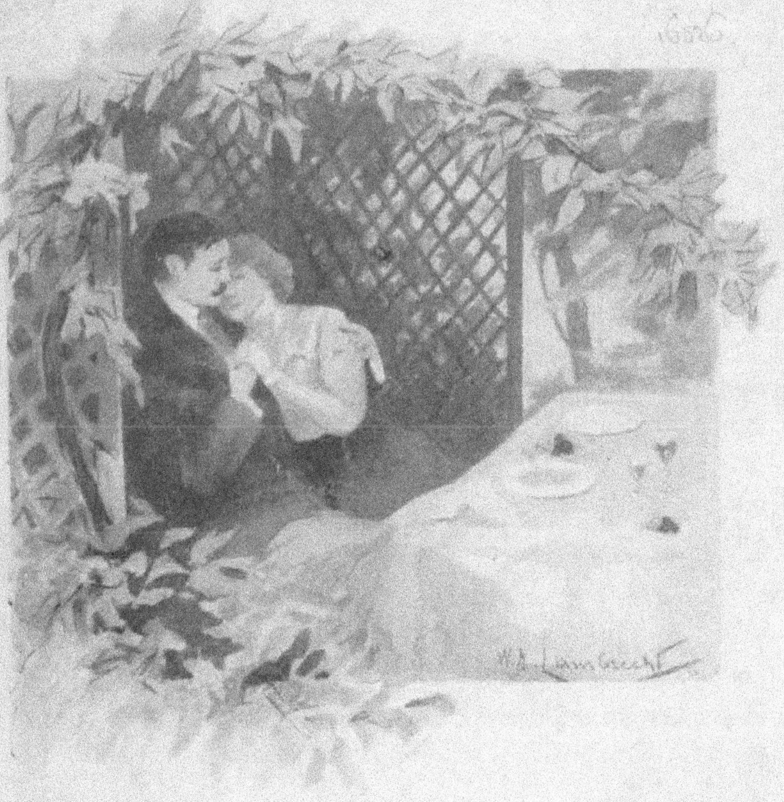

Calmann-Lévy, Éditeurs

VINGT CONTES NOUVEAUX

Paris. — Imprimerie L. Pochy, 52, rue du Château. — 1158-13.

FRANÇOIS COPPÉE

DE L'ACADÉMIE FRANÇAISE

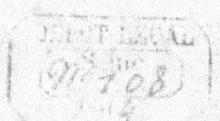

Vingt Contes Nouveaux

ILLUSTRATIONS

DE

W.-A. LAMBRECHT

PARIS

CALMANN-LÉVY, ÉDITEURS

3, RUE AUBER, 3

—

Propriété de la librairie Lemerre

LE MORCEAU DE PAIN

Le jeune duc de Hardimont se trouvait à Aix en Savoie, où il faisait prendre les eaux à sa fameuse jument *Périchole*, devenue poussive depuis le « chaud et froid » qu'elle avait attrapé au Derby, et il finissait de déjeuner, lorsque ayant jeté un regard distrait sur le journal, il y lut la nouvelle du désastre de Reichshoffen.

Il vida son verre de chartreuse, posa sa serviette sur la table du restaurant, fit donner à son valet de chambre l'ordre de boucler les malles, prit, deux heures après, l'express de Paris, et courut au bureau de recrutement s'engager dans un régiment de ligne.

On a beau avoir mené, de dix-neuf à vingt-cinq ans, l'existence énervante de petit crevé, c'était le mot d'alors, on a beau s'être abruti dans les écuries de courses et dans les boudoirs de chanteuses d'opérettes, il est des circonstances où l'on ne peut oublier qu'Enguerrand de Hardimont est mort de la peste à Tunis le même jour que saint Louis, que Jean de Hardimont a commandé les Grandes Compagnies sous Du Guesclin, et que François-Henri de Hardimont a été tué en chargeant à Fontenoy avec la Maison-Rouge. Si épuisé qu'il fût par ses scandaleuses et imbéciles amours avec Lucy

Violette, la prima-donna du théâtre des Nudités-Parisiennes, le jeune duc, en apprenant qu'une bataille avait été perdue par des Français sur le territoire français, sentit le sang lui monter au visage et eut l'horrible impression d'un soufflet.

C'est pourquoi, dans les premiers jours de novembre 1870, rentré dans Paris avec son régiment qui faisait partie du corps de Vinoy, Henri de Hardimont, fusilier à « la troisième » du « second » et membre du Jockey, était de grand'garde avec sa compagnie devant la redoute des Hautes-Bruyères, position fortifiée à la hâte, que protégeait le canon du fort de Bicêtre.

L'endroit était sinistre : une route plantée de manches à balais et toute défoncée de boueuses ornières, traversant les champs lépreux de la banlieue, et, sur le bord de cette route, un cabaret abandonné, un cabaret à tonnelles, où les soldats avaient établi leur poste. On s'était battu là peu de jours auparavant; la mitraille avait cassé en deux quelques-uns des baliveaux de la route, et tous portaient sur leur écorce les blanches cicatrices des coups de feu. Quant à la maison, son aspect faisait frémir ; le toit avait été crevé par un obus, et les murs lie de vin semblaient badigeonnés avec du sang. Les tonnelles éventrées, sous leurs réseaux de brindilles noires, le jeu de tonneau renversé, la balançoire dont le vent humide faisait grincer les cordes mouillées, et les inscriptions auprès de la porte, égratignées par les balles : *Cabinets de société — Absinthe — Vermouth — Vin à 60 cent. le litre*, qui encadraient un lapin mort, peint au-dessus de deux queues de billard liées en croix par un ruban, tout rappelait avec une ironie cruelle la joie populaire des dimanches d'autrefois. Et, sur tout cela, un vilain ciel d'hiver où roulaient de gros nuages couleur de mine de plomb, un ciel bas, colère, haineux.

A la porte du cabaret, le jeune duc se tenait immobile, son chassepot en bandoulière, son képi sur les yeux, ses mains gourdes dans les poches de son pantalon rouge, et grelottant sous sa peau de mouton. Il s'abandonnait à sa sombre rêverie, ce soldat de la défaite, et il regardait d'un œil navré la ligne des coteaux, perdus dans la brume, d'où s'échappait à chaque instant, avec une détonation, le flocon blanc de la fumée d'un canon Krupp.

Tout à coup, il sentit qu'il avait faim.

Il mit un genou en terre et tira de son sac, posé près de lui contre le mur, un gros morceau de pain de munition ; puis, comme il avait perdu son couteau, il mordit à même et mangea lentement.

Mais, après quelques bouchées, il en eut assez ; le pain était dur et avait un goût amer. Dire qu'on n'en aurait de frais qu'à la distribution du lendemain, si l'intendance le voulait bien, encore. Allons, c'était quelquefois bien rude, le métier ; et ne voilà-t-il pas qu'il se souvenait, à présent, de ce qu'il appelait jadis ses déjeuners hygiéniques, lorsque, le lendemain d'un souper un peu trop échauffant, il s'asseyait contre une fenêtre du rez-de-chaussée, au Café Anglais, qu'il se faisait servir, mon Dieu, la moindre des choses, une côtelette, des œufs brouillés aux pointes d'asperges, et que le sommelier, connaissant ses habitudes, posait sur la nappe et débouchait avec précaution une fine bouteille de vieux léoville, doucement couchée dans un panier. Fichtre de fichtre ! C'était le bon temps tout de même, et il ne s'habituerait jamais à ce pain de misère.

Et, dans un moment d'impatience, le jeune homme jeta le reste de son pain dans la boue.

*
* *

Au même instant, un lignard sortait du cabaret ; il se baissa, ramassa le morceau, s'éloigna de quelques pas, essuya le pain avec sa manche et se mit à le dévorer avidement.

Henri de Hardimont avait déjà honte de son action et considérait avec pitié le pauvre diable qui faisait preuve d'un si bon appétit. C'était un long et grand garçon, assez mal bâti, avec des yeux de fiévreux et une barbe d'hôpital, et d'une maigreur telle que ses omoplates faisaient saillie sous le drap de sa capote usée.

— Tu as donc bien faim, camarade? dit-il en s'approchant du soldat.

— Comme tu vois, répondit celui-ci, la bouche pleine.

— Excuse-moi donc. Si j'avais su qu'il pût te faire plaisir, je n'aurais pas jeté mon pain.

— Il n'y a pas de mal, va, reprit le soldat. Je ne suis pas si dégoûté.

— N'importe, dit le gentilhomme, ce que j'ai fait est mal et je me le reproche. Mais je ne veux pas que tu emportes une mauvaise opinion de moi, et comme j'ai du vieux cognac dans mon bidon... parbleu ! nous allons boire la goutte ensemble.

L'homme avait fini de manger. Le duc et lui burent une gorgée d'eau-de-vie ; la connaissance était faite.

— Et tu t'appelles ? demanda le lignard.

— Hardimont, répondit le duc, en supprimant son titre et sa particule... Et toi ?

— Jean-Victor... On vient seulement de me verser dans la compagnie... Je sors de l'ambulance... J'ai été blessé à Châtillon... Ah ! l'on était bien, à l'ambulance, et l'infirmier vous y donnait de bon bouillon de cheval... Mais je n'avais qu'une égratignure ; le major m'a signé ma sortie, et, tant pis ! on va recommencer à crever de faim... Car, tu me croiras si tu veux, camarade, mais, tel que tu me vois, j'ai eu faim toute ma vie.

Le mot était effrayant, dit à un voluptueux qui s'était surpris tout à l'heure à regretter la cuisine du Café Anglais, et le duc de Hardimont regarda son compagnon avec un étonnement presque épouvanté. Le soldat eut un sourire douloureux, qui laissa voir ses dents de loup, ses dents d'affamé, si blanches dans sa face terreuse, et comme s'il eût compris qu'on attendait de lui une confidence :

— Tenez, dit-il en cessant brusquement de tutoyer son camarade, devinant sans doute en lui un heureux et un riche, tenez, promenons-nous un peu de long en large sur la route pour nous réchauffer les pieds, et je vous dirai des choses que vous n'avez sans doute jamais entendues... Je m'appelle Jean-Victor, Jean-Victor tout court, parce que je suis un enfant trouvé, et mon seul bon souvenir, c'est le temps de ma première enfance, à l'hospice. Les draps étaient blancs, à nos petits lits, dans le dortoir ; on jouait dans un jardin, sous de grands arbres, et il y avait une bonne sœur, toute jeune, pâle comme un cierge, — elle s'en allait de la poitrine, — dont j'étais le préféré et auprès de qui j'aimais mieux me promener que de jouer avec les autres enfants, parce qu'elle m'attirait contre sa jupe en posant sur mon front sa main maigre et chaude... Mais à douze ans, après la première com-

munion, plus rien que de la misère ! L'administration m'avait mis en apprentissage chez un rempailleur de chaises du faubourg Saint-Jacques. Ce n'est pas un métier, vous savez ; impossible d'y gagner sa vie, à preuve que, la plupart du temps, le patron ne pouvait embaucher comme apprentis que les pauvres petits qui sortent des Jeunes-Aveugles. Aussi c'est là que j'ai commencé à souffrir de la faim. Le patron et la patronne, deux vieux Limousins, qui sont morts assassinés, étaient des avares terribles, et le pain, dont on vous coupait un petit morceau, à chaque repas, restait sous clef le reste du temps. Et le soir donc, au souper, il fallait voir la patronne avec son bonnet noir, quand elle nous servait la soupe, en poussant un soupir à chaque coup de louche dans la soupière... Les deux autres apprentis, les « Jeunes Aveugles », étaient les moins malheureux ; on ne leur en donnait pas plus qu'à moi, mais ils ne voyaient pas du moins le regard de reproche de cette méchante femme quand elle me tendait mon assiette... Et voilà le malheur, j'avais déjà un gros appétit. Est-ce de ma faute, voyons ?... J'ai fait là trois ans d'apprentissage, avec une fringale continuelle... Trois ans ! On connaît le métier en un mois ; mais l'administration ne peut pas tout savoir et ne se doute pas qu'on exploite les enfants... Ah ! vous vous étonniez de me voir prendre du pain dans la boue ? Allez, j'en ai l'habitude ; j'en ai assez ramassé des croûtes dans les ordures, et quand elles étaient trop sèches je les laissais tremper toute la nuit dans ma cuvette... Il y avait quelquefois des aubaines aussi, il faut tout dire, les morceaux de pain grignotés d'un bout, que les gamins tirent de leurs paniers et jettent sur le trottoir, en sortant de l'école. Je tâchais de rôder par là, en faisant les courses... Et puis, quand l'apprentissage a été fini, ce fut le métier, comme je vous le disais, qui ne nourrissait pas son homme. Oh ! j'en ai fait d'autres, j'avais du cœur à l'ouvrage, allez ! J'ai servi les maçons ; j'ai été garçon de magasin, frotteur, est-ce que je sais ? Bah ! aujourd'hui, l'ouvrage manquait ; une autre fois, je perdais ma place... Bref, je ne mangeais jamais à ma suffisance... Ah ! tonnerre ! j'en ai eu de ces rages en passant devant les boulangeries ! Heureusement pour moi, dans ces moments-là, je me suis toujours souvenu de ma bonne sœur de l'hospice, qui me recommandait si souvent d'être honnête, et j'ai cru sentir sur mon front la chaleur de sa petite main... Enfin, à dix-huit ans, je me suis engagé... Vous le savez aussi bien que moi, le troupier en a tout juste assez... Maintenant, ce serait presque pour en rire, voilà le siège et la famine!... Vous voyez que je ne vous ai pas menti, tout à l'heure, quand je vous disais que j'avais toujours, toujours eu faim !

**

Le jeune duc avait bon cœur, et en écoutant cette plainte terrible, dite par un homme comme lui, par un soldat que l'uniforme faisait son égal, il se sentit profondément ému. Ce fut même heureux pour son flegme de dandy que le vent du soir séchât dans ses yeux deux larmes qui venaient de les obscurcir.

— Jean-Victor, dit-il en cessant à son tour par un instinct délicat de tutoyer l'enfant trouvé, si nous survivons tous deux à cette affreuse guerre, nous nous reverrons et j'espère vous être utile. Mais, pour le moment, comme il n'y a pas d'autre boulanger aux avant-postes que le caporal d'ordinaire et comme ma ration de pain est deux fois trop grosse pour mon mince appétit, c'est dit, n'est-ce-pas? nous partagerons en bons camarades.

Elle fut solide et chaude, la poignée de main que se donnèrent les deux hommes; puis, comme la nuit tombait et qu'ils étaient harassés par les veilles et les alertes, ils rentrèrent dans la salle du cabaret où une douzaine de soldats étaient couchés sur de la paille et, s'y jetant à côté l'un de l'autre, ils s'endormirent d'un profond sommeil.

Vers minuit, Jean-Victor s'éveilla seul, ayant faim probablement. Le vent avait balayé les nuages et un rayon de lune, pénétrant dans le cabaret par le trou du toit, éclairait la blonde et charmante tête du jeune duc, endormi comme un Endymion. Encore tout attendri de la bonté de son camarade, Jean-Victor le regardait avec une admiration naïve quand le sergent de peloton ouvrit la porte et appela

les cinq hommes qui devaient aller relever les sentinelles avancées. Le duc était du nombre, mais il ne s'éveilla point à l'appel de son nom.

— Hardimont, debout ! répéta le sous-officier.

— Si vous le voulez bien, mon sergent, dit Jean-Victor en se levant, je monterai sa faction... il dort si bien... et c'est mon camarade.

— Comme tu voudras.

Et, les cinq hommes partis, les ronflements recommencèrent.

Mais, une demi-heure après, des coups de feu, pressés et tout proches, éclatèrent dans la nuit. En un instant, tout le monde fut sur pied ; les soldats sortirent du cabaret, marchant avec précaution, la main au tonnerre du fusil, et regardant au loin sur la route, toute blanchie par la lune.

— Mais quelle heure est-il donc? dit le duc. J'étais de faction cette nuit.

Quelqu'un lui répondit :

— Jean-Victor y est allé à votre place.

En ce moment, on vit un soldat qui arrivait en courant sur la route.

— Eh bien? lui demanda-t-on, quand il s'arrêta, tout essoufflé.

— Les Prussiens attaquent... replions-nous sur la redoute.

— Et les camarades?

— Ils viennent... Il n'y a que ce pauvre Jean-Victor...

— Comment? s'écria le duc.

— Tué raide d'une balle dans la tête... Il n'a pas dit : ouf !

**

Une nuit de l'hiver dernier, vers deux heures du matin, le duc de Hardimont sortait du cercle avec son voisin, le comte de Saulnes ; il venait de perdre quelques centaines de louis et sentait un peu de migraine.

— Si vous le voulez bien, André, dit-il à son compagnon, nous reviendrons à pied... J'ai besoin de prendre l'air.

— Comme il vous plaira, cher ami, quoique le pavé soit bien mauvais.

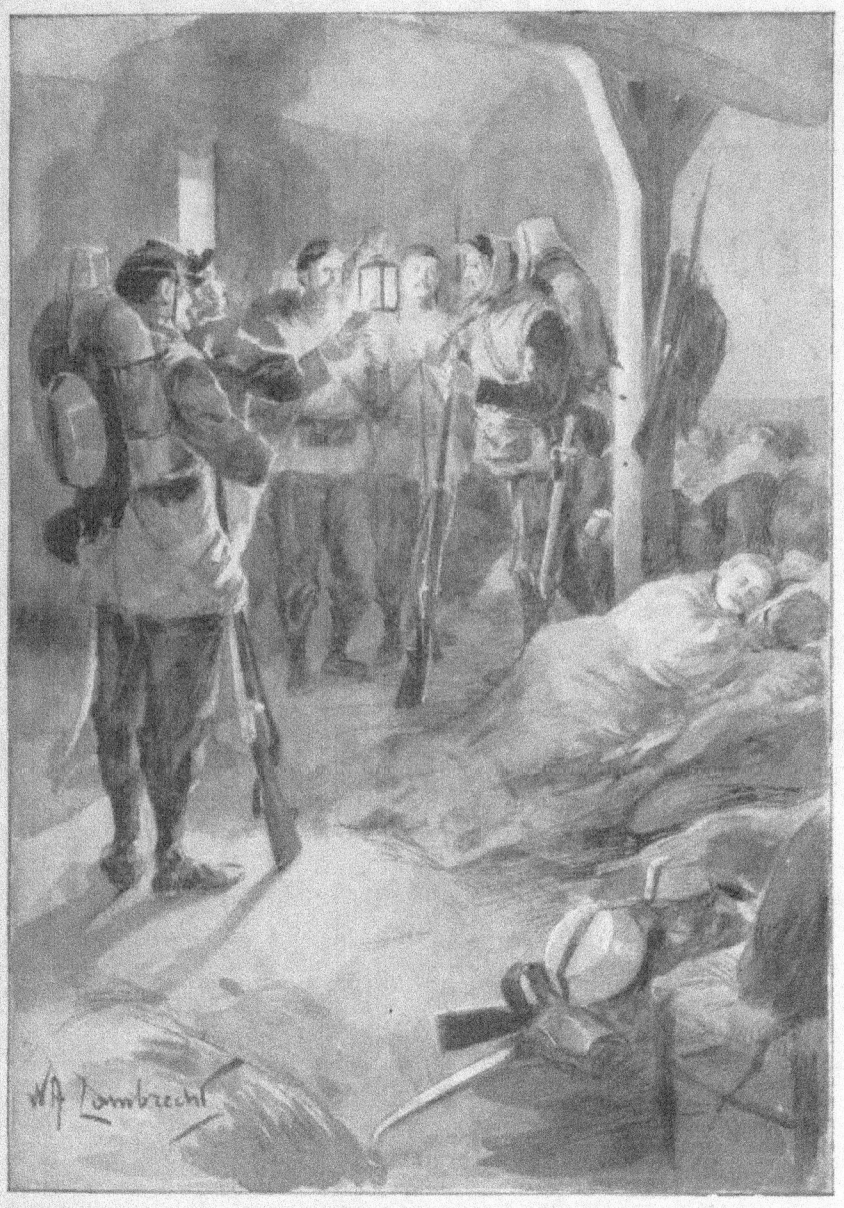

JE MONTERAI SA FACTION... IL DORT SI BIEN...

Ils renvoyèrent donc leurs coupés, rele-
vèrent le collet de leurs pelisses et descendirent vers la Madeleine. Tout à coup le
duc fit rouler un objet qu'il avait frappé
du bout de sa bottine ; c'était un gros
croûton de pain tout souillé de boue.

Alors, à sa stupéfaction, M. de Saulnes
vit le duc de Hardimont ramasser le
morceau de pain, l'essuyer soigneusement
avec son mouchoir armorié et le poser
sur un banc du boulevard, dans la lumière
d'un bec de gaz, bien en évidence.

— Qu'est-ce que vous faites donc là?
dit le comte en éclatant de rire. Êtes-
vous fou?

— C'est en souvenir d'un pauvre
homme qui est mort pour moi, répondit
le duc dont la voix tremblait légèrement...
Ne riez pas, mon cher, vous me désobli-
geriez !

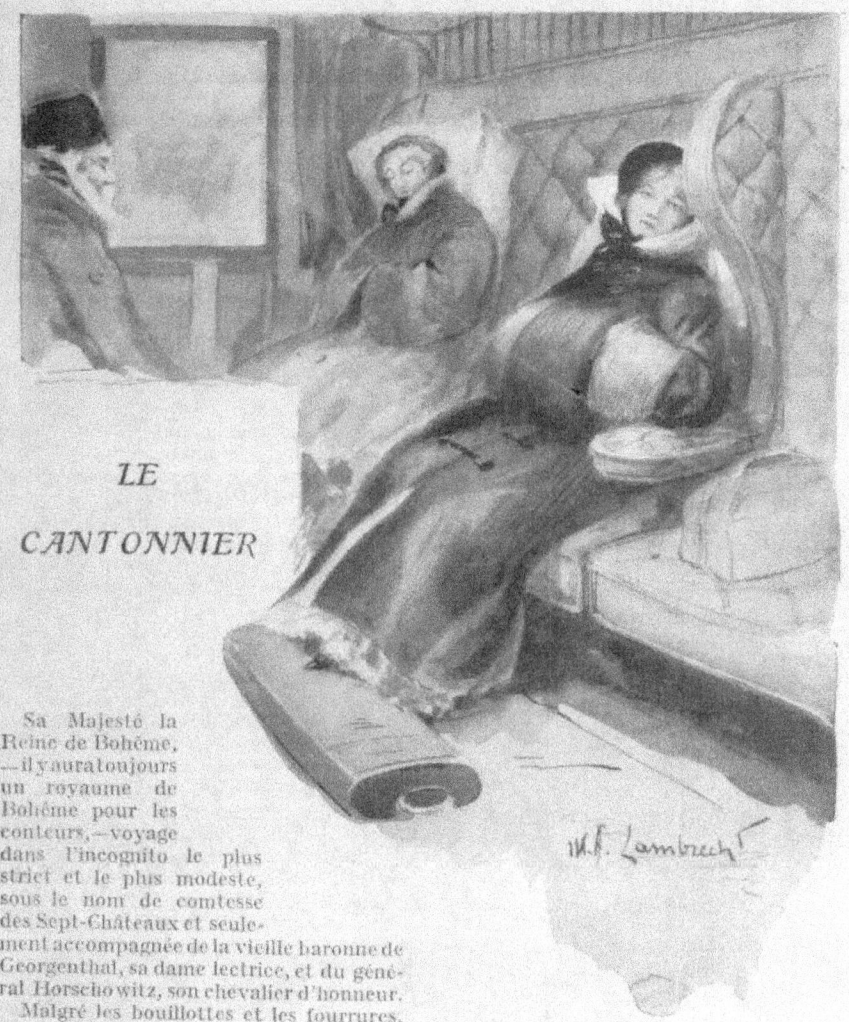

M.F. Lambrech

LE
CANTONNIER

Sa Majesté la Reine de Bohême, — il y aura toujours un royaume de Bohême pour les conteurs, — voyage dans l'incognito le plus strict et le plus modeste, sous le nom de comtesse des Sept-Châteaux et seulement accompagnée de la vieille baronne de Georgenthal, sa dame lectrice, et du général Horschowitz, son chevalier d'honneur.

Malgré les bouillottes et les fourrures, il a fait continuellement froid dans le compartiment réservé, et quand la Reine, lassé de son roman anglais ou impatientée par le tricot du général, car le général tricote, voulait jeter un regard sur la campagne blanche de neige, elle était forcée de frotter un moment avec son mouchoir la vitre du wagon, que la gelée couvrait d'étincelants micas et de délicates fougères de glace. En vérité, c'est un caprice singulier et bien digne d'une tête de vingt ans qu'à eu Sa Majesté de partir pour Paris en plein hiver, et d'aller y retrouver sa mère, la Reine de Moravie, qui devait la venir voir de Prague au printemps prochain. N'importe, il a fallu se mettre en route par dix degrés au-dessous de zéro ; la baronne a dû secouer ses vieux rhumatismes ; le général, au désespoir, a laissé là un magnifique couvre-pieds qu'il était en train de tricoter pour sa belle-fille, n'emportant pour tromper les ennuis du chemin, que de quoi confectionner une modeste paire de bas de laine. Le voyage a été rude ; toute l'Europe est couverte de neige et l'on vient d'en traverser la moitié, avec beaucoup de retards et de difficultés, sur des chemins de fer dont le service est désorganisé par la rigueur de la saison. Enfin le but se rapproche ; ce soir, à neuf heures, on a dîné au buffet de Mâcon, et bien que, cette nuit encore, les bouillottes soient à peine tièdes et qu'au dehors de gros flocons blancs voltigent dans les ténèbres, la baronne et le général, sommeillant sous les manteaux fourrés et les couvertures, rêvent, chacun dans leur coin, de l'arrivée et du séjour à Paris, où la bonne dame pourra satisfaire une petite dévotion spéciale et où le vieux brave se rendra sans retard dans un certain magasin de lainages de la rue Saint-Honoré, le seul où il puisse rassortir convenablement ses écheveaux verts.

Quant à la reine, elle ne dort pas.

Fiévreuse et frissonnante dans sa grande pelisse de renard bleu, le coude dans le capiton et la main crispée parmi le désordre des magnifiques cheveux couleur de paille qui s'échappent de son coquet talpack de voyage, elle songe, les grands yeux ouverts dans la pénombre, écoutant machinalement les vagues et lointaines musiques que les oreilles fatiguées des voyageurs croient entendre dans le galop de fer des express. Elle revit toute son existence par le souvenir, la pauvre jeune reine, et elle songe qu'elle est bien malheureuse.

*
* *

Elle se revoit d'abord, petite princesse à mains rouges et à taille plate, auprès de sa sœur jumelle, celle qu'on a mariée tout là-bas, dans le Nord, de sa sœur qu'elle aimait tant et qui lui ressemblait à tel point que, lorsqu'elles avaient le même costume, il fallait leur mettre dans les cheveux des nœuds de rubans de couleurs différentes pour ne pas les confondre. C'était avant que l'émeute eût renversé le trône de ses parents, et elle aimait l'atmosphère calme et assoupissante de la petite cour d'Olmutz où l'étiquette était tempérée par la bonhomie ; c'était le temps où son père, le bon roi Louis V, qui depuis lors est mort de chagrin en exil, l'emmenait à pied, à travers le parc, sans quitter son habit de cour et ses plaques, prendre avec sa sœur le café au lait, à quatre heures de l'après-midi, dans un

pavillon chinois, envahi par les liserons et la vigne vierge, d'où l'on voyait le cours de la rivière et le lointain amphithéâtre des collines rougies par l'automne.

Puis c'était son mariage, et le grand bal de la présentation, en cette belle nuit de juillet où l'on entendait monter, par les fenêtres ouvertes, le murmure de la foule qui se pressait dans les jardins illuminés. Comme elle tremblait, quand on l'avait laissée seule un instant dans la serre avec le jeune roi ! Elle l'aimait pourtant déjà, elle l'avait aimé dès le premier regard, quand il s'était avancé, l'aigrette blanche au bonnet, si élégant et si souple dans son uniforme bleu tout endiamanté, et faisant sonner à chaque pas les éperons d'or recourbés de ses petites bottes grises à mille plis. Après la première valse, Ottokar lui avait pris le bras, et tout en caressant sa longue moustache noire, l'avait conduite dans la serre, l'avait fait asseoir sous un grand palmier, puis, se plaçant à côté d'elle et lui prenant la main avec la plus noble aisance, lui avait dit, en la regardant dans les yeux : « Princesse, voulez-vous me faire l'honneur de devenir ma femme ? » Alors elle avait rougi, baissé le front et répondu en comprimant d'une main les battements fous de son cœur : « Oui, sire ! » tandis que les violons enragés des Tziganes attaquaient tous ensemble la première note de la marche tchèque, ce chant sublime d'enthousiasme et de triomphe.

Hélas ! comme ce bonheur s'était vite envolé ! Six mois d'erreur et d'illusion, six mois à peine, et puis, un jour, en pleine grossesse, un hasard brutal lui apprenait qu'elle était trompée, que le roi ne l'aimait pas, ne l'avait jamais aimée, et que le lendemain même de son mariage, il avait soupé chez la Gazella, la première danseuse du théâtre de Prague, une fille. Et ce n'était pas tout ! Elle avait su alors ce qu'elle était seule à ignorer, la vieille liaison d'Ottokar avec la comtesse de Pzibrann, dont il avait trois enfants, qu'il n'avait jamais quittée au milieu de cent fantaisies, et dont il avait eu l'audace de faire la première dame d'honneur de sa femme. L'amour de la Reine fut tué du coup, ce frêle et timide amour qu'elle n'avait jamais osé avouer à son mari et qu'elle comparait maintenant à cet oiseau privé qu'étant petite fille, elle avait étouffé dans sa main fermée brus-

quement, en tressaillant au bruit d'une
potiche cassée par une fille de chambre.

Son fils ! Sans doute, elle avait un fils,
et elle l'aimait ; mais, chose affreuse !
bien souvent, assise auprès du berceau
doré et timbré de la couronne royale, où
dormait son petit Wladislas, la Reine
avait senti passer dans son cœur comme
un courant de glace en regardant cet
enfant, engendré par un homme qui l'avait
atrocement, cyniquement outragée. D'ailleurs, elle ne l'avait jamais à elle, à elle
toute seule du moins. Ce n'était plus
comme chez ses bons parents, que, nouvelle douleur, une révolution venait de
chasser au loin, et tout s'accomplissait,
dans cette antique et orgueilleuse cour de
Bohême, d'après les lois du plus étroit
cérémonial. Tout un essaim de duègnes
et de nourrices sèches, vieilles dames à
grands airs et à bonnets montés, s'agitait
autour du berceau royal, et, lorsque la
Reine venait s'informer de son fils et
l'embrasser, on lui disait avec solennité :
« Son Altesse a un peu toussé cette nuit...
Son Altesse souffre des dents... » Et il lui
semblait que les haleines de ces femmes
soufflaient sur son cœur de mère pour le
glacer et pour l'éteindre.

Ah ! vraiment, elle n'en pouvait plus,
la pauvre Reine, et la vie était trop mauvaise. Aussi, parfois, succombant de chagrin et d'ennui, elle obtenait du roi licence
d'aller voir la reine de Moravie réfugiée
en France ; elle se sauvait, elle s'évadait
comme d'une prison, seule, car la tradi-
tion s'opposait à ce que le prince-héritier
voyageât sans son père, et elle courait
pleurer toutes ses larmes, les deux bras
jetés au cou de sa mère en cheveux gris.

Cette fois-ci, elle était partie subitement, sans demander la permission et
après un rapide baiser sur le front de
Wladislas endormi ; car elle était comme
folle de dégoût et de honte. La débauche
du roi devenait chaque jour plus publique ;
il avait maintenant des ménages et des
familles dans toutes les villes de la Bohême, dans tous ses rendez-vous de chasse.
C'était partout une risée, et l'on chantait,
dans les rues de Prague, des couplets
satiriques où l'on se demandait ce que
deviendrait cette race illégitime, et si,
comme jadis Auguste le Fort, Ottokar
ne ferait pas de tous ses bâtards un escadron de gardes d'honneur. Pour subvenir
aux frais d'un tel pullulement, le roi fai-

sait argent de tout, épuisait et endettait
l'État. Le commerce des décorations était
particulièrement scandaleux, et l'on citait
un tailleur de Vienne qui avait fait fortune en vendant, pour cinq cents florins
aux amateurs de croix étrangères, des
habits noirs dans la poche et à la boutonnière desquels on trouvait le brevet et
le ruban de l'ordre le plus illustre de la
Bohême, d'un ordre militaire qui date
de la guerre de Trente Ans.

*
* *

Mais quoi donc? Depuis un moment,
le train ralentit sa marche ; il s'arrête.
Que signifie cette halte en rase campagne,
en pleine nuit? Le général et la baronne
se sont éveillés, très inquiets ; et le chevalier d'honneur, ayant baissé la glace, se
penche dans le noir hors de la portière ;
et voilà que la lanterne du chef de train,
qui courait dans la neige le long des voi-
tures, s'arrête, s'élève et éclaire tout à
coup les moustaches blanches de chat en
colère et le bonnet de loutre du général.

— Qu'y a-t-il? Pourquoi cet arrêt?
demande le vieil Horschowitz.

— Il y a, monsieur, que nous voilà en
détresse pour une heure au moins... Deux
pieds de neige ! Plus moyen d'avancer !...
Les Parisiens se passeront demain de café
au lait.

— Comment? Une heure à rester ici,
par ce temps !... Vous savez, les bouillottes
sont froides...

— Que voulez-vous, monsieur?... On
vient de télégraphier à Tonnerre pour
avoir une équipe de balayeurs... Mais, je
vous le répète, il y en a au moins pour une
heure.

Et l'homme s'éloigne avec sa lanterne,
du côté de la locomotive.

— Mais c'est abominable ! mais Votre
Majesté va prendre un rhume ! glapit la
baronne.

— En effet, j'ai froid, dit la Reine en
frissonnant.

Le général comprend que c'est le moment d'être héroïque ; il saute sur la voie,
enfonce dans la neige jusqu'aux genoux
et rattrape l'homme à la lanterne. Il lui
parle à demi-voix.

— Mais, quand ce serait le Grand-
Mogol, je n'y pourrais rien, répond l'employé. Cependant, nous sommes devant

une maison de cantonnier ; il doit avoir du feu chez lui... Et si cette dame veut descendre?... Eh ! Sabatier?...

Une seconde lanterne s'approche.

— Allez donc voir si le cantonnier a du feu dans sa maison.

Fort heureusement, il en a. Le général est plus heureux que s'il avait gagné une bataille ou terminé la dernière bande de tricot de son fameux couvre-pieds. Il revient au compartiment de la Reine, fait part du résultat de ses démarches, et, un instant après, les trois voyageurs, tapant des pieds pour faire tomber la neige accumulée sous leurs chaussures, sont dans la salle basse de la maisonnette, où le cantonnier qui vient de les introduire et qui a gardé sa peau de bique, s'agenouille devant la cheminée et jette du bois mort sur les landiers.

**

La Reine, assise devant la flamme joyeuse, a rejeté sa pelisse sur le dossier de sa chaise de paille ; elle a ôté ses longs gants de Suède pour se chauffer les mains, et elle regarde autour d'elle.

C'est une chambre de paysan. On marche sur l'aire sèche et raboteuse ; des bottes d'oignons pendent aux poutres enfumées ; il y a un vieux fusil de braconnier sur deux clous au-dessus de la cheminée et quelques assiettes à fleurs sur le buffet. Le général a fait la grimace tout à l'heure en apercevant, piquées au mur par des épingles, deux images d'Épinal : le portrait de M. Thiers, orné du grand cordon de la Légion d'honneur, et celui de Garibaldi en chemise rouge. Mais ce qui attire l'attention de la jeune Reine, c'est, auprès du grand lit et demi caché par les rideaux de cotonnade rayée, un berceau d'osier d'où vient de sortir le geignement d'un enfant qui s'éveille.

Bien vite, le cantonnier a laissé son feu et est allé vers le berceau, et voilà qu'il le balance doucement.

— Fais dodo, ma cocotte, fais dodo ! c'est rien, c'est des amis à papa.

Il a l'air d'un bon père, l'homme à la peau de bique, avec son crâne chauve de saint Pierre, sa moustache rude d'ancien soldat et ses deux grandes rides tristes dans les joues.

— C'est votre petite fille? lui demande la Reine avec intérêt.

— Oui, madame, c'est ma Cécile... Elle aura trois ans le mois prochain.

— Mais... sa mère?... interroge Sa Majesté avec hésitation, et comme l'homme secoue la tête : Vous êtes veuf?

Mais il fait un nouveau signe de dénégation. Alors, la Reine, tout émue, se lève, s'approche du berceau et regarde Cécile qui s'est rendormie, en serrant tendrement sur son cœur un petit caniche de carton.

— Pauvre enfant ! murmure-t-elle.

— N'est-ce-pas, madame, dit alors le cantonnier d'une voix sourde, n'est-ce pas qu'il faut qu'une mère ait bien peu de cœur pour abandonner sa fille à cet âge-là? Qu'elle m'ait quitté, moi, après tout, c'est de ma faute... J'avais eu tort d'épouser une femme trop jeune pour moi, tort de la laisser aller à la ville, où elle a fait de mauvaises connaissances... Mais abandonner cet amour !... N'est-ce pas que c'est une infamie?... Enfin il faudra bien que je l'élève à moi tout seul, le pauvre chiffon !... C'est difficile, allez, à cause du service... Le soir, je suis souvent forcé de la laisser là, criant et pleurant, quand j'entends siffler le train... Mais, dans la journée, par exemple, je l'emporte avec moi, et elle est déjà bien aguerrie, la mignonne, elle n'a plus peur du chemin de fer... Tenez, hier, je la tenais sur mon bras gauche tandis que de la main droite je présentais mon fanion. Eh bien, elle n'a pas seulement tressailli au passage du rapide... Ce qui m'embarrasse le plus, voyez-vous, c'est de lui coudre ses robes et ses bonnets... Heureusement qu'on a été caporal aux zouaves, dans le temps, et qu'on connaît un peu le fil et les aiguilles.

— Mais, mon pauvre homme, reprend la Reine, c'est une tâche bien difficile... Écoutez, je désire vous aider... Il doit y avoir un village aux environs, et, dans ce village, des braves gens qui se chargeront de garder votre petite fille... Si ce n'est qu'une question d'argent...

Mais le cantonnier hoche encore la tête.

— Non, ma bonne dame, non, Je ne suis pas fier et j'accepterai de bon cœur tout ce qu'on voudra bien faire pour Cécile... mais je ne m'en séparerai jamais... non, pas même une heure !

— Mais pourquoi?

— Pourquoi? répond l'homme d'une

LES TROIS VOYAGEURS TAPAIENT DES PIEDS POUR FAIRE TOMBER LA NEIGE.

voix sombre. Parce que je ne me fie qu'à moi pour faire de cette enfant ce que n'a pas été sa mère... une honnête femme ! Mais, pardon, auriez-vous l'obligeance de bercer un peu Cécile?... On a besoin de moi sur la voie.

**

Saura-t-on jamais à quoi pensait la jeune Reine de Bohême, dans cette nuit d'hiver où elle a bercé pendant une heure l'enfant d'un pauvre cantonnier, tandis que le général et la baronne, dont elle avait refusé l'assistance, faisaient le gros dos devant le feu? Quand le chef de train a ouvert la porte et a crié : « Allons, messieurs et dames, l'express va repartir... en voiture! » la Reine a déposé sur le berceau de la petite Cécile son porte-monnaie gonflé d'or et le bouquet de violettes de sa ceinture, et elle est remontée en wagon.

Mais Sa Majesté n'a passé que deux jours à Paris ; elle est tout de suite revenue à Prague, d'où elle ne s'absente presque plus, et où elle se consacre tout entière à l'éducation de son fils. Les gouvernantes à trente quartiers, qui jetaient sur l'enfance du prince-héritier l'ombre de leurs bonnets funèbres, n'ont plus que des sinécures. S'il y a encore des rois en Europe quand le petit Wladislas aura grandi, il sera ce que n'a pas été son père, un bon roi. A cinq ans, il est déjà très populaire, et lorsqu'il voyage avec sa mère sur ces bons chemins de fer de Bohême qui vont comme des fiacres, et qu'il aperçoit par la portière du wagon-salon un cantonnier portant un bambin sur son bras et présentant de l'autre son petit drapeau, le royal enfant, à qui sa mère fait un signe, lui envoie toujours un baiser.

W. AL

WA.(amin...

UN MORT

VOLONTAIRE

J'avais beaucoup connu le poète Louis
Miraz, autrefois, au quartier Latin où
tous deux nous prenions nos repas dans
une crèmerie de la rue de Seine, tenue par
une vieille Polonaise que nous avions
surnommée la princesse Chocolawska, à
cause de l'énorme terrine de crème au
chocolat qu'elle exposait quotidienne-
ment dans la montre de sa boutique. A la
rigueur, on pouvait dîner là pour dix sous
avec « deux de pain », un « ordinaire à
trente centimes » et un « petit noir ».

Les délicats dépensaient un sou de plus
pour avoir une serviette.

Outre quelques jeunes gens, qui se desti-
naient à avoir du génie, les hôtes ordi-
naires de la crèmerie étaient de pauvres
compatriotes de la patronne, qui tous
avaient plus ou moins commandé des

armées. Il y avait surtout un imposant
et mélancolique vieillard à barbiche blanche, dont l'antique caban à olives, les
bottes juteuses et le chapeau sur lequel
semblaient avoir passé des limaces,
offraient un poème de misère, et que les
autres Polonais traitaient avec une défé-

2

rence marquée ; car il avait été dictateur pendant trois jours.

Ce fut encore chez la princesse Chocolawska que je connus un fou singulier, qui gagnait son pain à donner des leçons d'allemand et qui déclarait s'être converti à la religion bouddhiste. Sur la cheminée de la misérable chambre où il vivait concubinairement avec une modiste du marché Saint-Germain, trônait un assez beau Bouddha de jade, fixant ses yeux hypnotisés sur son nombril et tenant ses orteils dans ses mains. Le professeur d'allemand marquait à l'idole la plus profonde vénération ; mais, à l'époque du terme, il était quelquefois forcé de la mettre au Mont-de-Piété. Alors il tombait dans un sombre chagrin et ne recouvrait sa sérénité que lorsqu'il avait pu réparer son acte impie. Il ne manquait jamais d'ailleurs de renouveler sa reconnaissance en temps utile et finalement de dégager son Dieu.

Quant à Louis Miraz, il avait les yeux cernés, le teint pâle et les longs cheveux en broussailles de tous les jeunes gens qui arrivent par les wagons de « troisièmes » pour conquérir la gloire, qui dépensent plus en huile à brûler qu'en biftecks, et qui, riches déjà de plusieurs manuscrits, ont lancé au grand Paris, du haut de quelque colline de la banlieue, le classique défi de Rastignac. Dans ce temps-là, ma chevelure suffisamment mérovingienne graissait le collet de ma redingote. Nous étions donc faits pour nous comprendre, et bientôt Louis Miraz me conduisit dans sa chambre haute de la rue des Quatre-Vents, où il me passa deux mille alexandrins au travers du corps.

Sérieusement, c'étaient de jeunes et charmants vers, d'une inspiration printanière, ayant le parfum des premiers lilas, et les *Oiseaux libres*, titre de ce recueil de poésies que Louis Miraz publia peu de temps après me l'avoir lu, garderont une place parmi les volumes de chevet des fins lettrés, à côté des poètes d'un seul livre, du Daudet des *Amoureuses*, par exemple.

Car Miraz ne fit pas d'autres vers. Jeune aiglon épris des hauteurs, il alla poser son aire sur la butte Montmartre, et, pendant assez longtemps, nous nous perdîmes de vue. Puis je retrouvai sa signature dans les journaux et dans les revues, où il commençait à donner les brèves et exquises nouvelles qui ont fondé sa réputation.

Cinq ans se passèrent ; enfin, je le rencontrai un jour dans le bureau de rédaction d'un journal auquel je collaborais.

*
* *

Nous eûmes autant de plaisir l'un que l'autre à nous revoir ; et après les premiers : « Comment, c'est vous?... C'est toi? » nous restâmes face à face, nous secouant les mains et nous montrant, dans un rire de joie cordiale, nos dents qui avaient mordu jadis au même morceau de vache enragée. Il n'était pas changé ; il n'avait même pas sacrifié ses longs cheveux, qu'il rejetait toujours en arrière avec le joli mouvement de tête d'un cheval qui s'ébroue. Seulement, il avait le teint pur et les yeux calmes d'un homme heureux et sa taille mince était serrée dans le veston le plus fashionable.

— On ne se quitte plus, n'est-ce pas? me dit-il, en passant son bras sous le mien avec un bon geste de camarade ; et il m'entraîna sur le boulevard, où le soleil d'avril dorait les jeunes feuilles des platanes.

Ah ! l'heureuse journée ! Nous épuisâmes les : « T'en souviens-tu?... T'en souviens-tu des œufs sur le plat qui sentaient la paille et des affreux riz au lait de la princesse Chocolawska? et de la mélancolie du vieux dictateur? et de l'Allemand qui mettait son bon Dieu au clou, tous les trois mois ? » Enfin, c'était fini, les mauvais jours. Il avait applaudi de loin à mes succès, je connaissais les siens ; mais ce que je ne savais pas, c'était qu'il fût marié à une femme qu'il adorait, et qu'il eût une petite fille, un *amour* !...

— Viens les voir, tu dîneras à la maison.

Je me laissai faire et il m'entraîna là-bas, à l'Enclos des Ternes, où il habitait un pavillon dans les arbres. Tout vous y faisait accueil, et l'on n'avait pas plus tôt poussé la porte du jardinet qu'un jeune chien vous sautait aux jambes.

— A bas, Gavroche !... Il va te salir. Mais, au bruit de la sonnette, madame Miraz avait paru sur le perron, avec sa petite fille dans ses bras. Une grande et belle blonde, au riche corsage, moulée dans son peignoir bleu.

— Fais mettre un couvert de plus... c'est un vieux camarade.

UNE « AMOUR » DE PETITE FILLE.

Et l'heureux père, gardant son chapeau sur la tête mais ayant pris sa petite fille, me faisait voir tout de suite son installation, la salle à manger égayée de claires faïences, le cabinet bondé de livres, avec sa fenêtre ouverte sur la verdure, si bien qu'un coup de vent avait couvert de fleurs de marronnier rose les épreuves d'imprimerie éparses sur la table.

— Dame, tu sais, ce n'est qu'un commencement... Il n'y a pas si longtemps qu'on faisait de la copie à trois sous la ligne.

Et, tandis que je m'extasiais sur un arbre de Judée tout fleuri que je voyais dans le jardin, Miraz s'était mis à son aise, avait enfilé sa veste de travail, chaussé ses babouches, et, plongé dans son grand fauteuil, il enlevait sa petite Hélène à deux bras pour la faire sauter ! « Houp là ! Houp là ! »

Je ne crois pas avoir eu jamais une plus parfaite sensation du bonheur. On dîna gaiement ; deux bons plats, voilà tout, un dîner sans façon où l'on se servait soi-même du moulin à poivre. La belle madame Miraz le présidait avec son sourire lumineux, ayant auprès d'elle son enfant sur une chaise haute. Elle parlait peu, mais son regard intelligent et doux suivait notre folle et paradoxale causerie de gens de lettres en bonne humeur ; et, au dessert, elle prit une rose au bouquet qui ornait la table et la piqua dans ses cheveux, près de l'oreille, avec une grâce suprême. C'était bien la belle et silencieuse amie qu'il faut au rêveur.

On prit le café dans le cabinet, on devait bientôt meubler le salon avec le prix du roman qui allait paraître chez Lévy ; puis, comme la soirée était fraîche, on alluma une flambée de brindilles et de copeaux, et tandis que nous fumions, Miraz et moi, en ressassant les vieux souvenirs, la maîtresse de maison, tenant sur ses genoux sa petite Hélène en chemise, lui faisait répéter un « Notre Père » et un « Je vous salue, Marie » que l'enfant ânonnait en frottant voluptueusement ses petits pieds devant la flamme.

*
**

On se revit, assez souvent d'abord, puis moins ; la vie, la vie difficile et compliquée du littérateur, nous tirait chacun de notre côté. Des années s'écoulèrent encore. On se rencontrait, on se serrait la main. — « Tout va bien ? » — « A merveille. » Et c'était tout. Puis, dans les derniers temps, je ne trouvai plus que rarement le nom de Louis Miraz dans les journaux et dans les périodiques. « L'heureux homme ! il se repose », me disais-je, en me souvenant qu'il passait pour avoir fait une petite fortune. Enfin, l'automne dernier, j'appris qu'il était gravement malade.

Je courus le voir. Il demeurait toujours dans l'Enclos des Ternes ; mais, par ce jour navré de la fin de novembre, la petite maison semblait avoir froid et était comme nue parmi des arbres dépouillés ; elle me parut rapetissée, ratatinée, ainsi que tout ce que nous n'avons pas vu depuis longtemps. Le chien était mort sans doute, car son aboiement ne répondit pas au bruit de la sonnette, lorsque je poussai la petite barrière et que je pénétrai dans le jardin, tout jonché de feuilles mortes, où la gelée de la nuit avait brûlé les derniers chrysanthèmes.

Ce ne fut pas madame Miraz, elle était absente, ce fut Hélène qui me reçut, Hélène qui était devenue une grande fille de quatorze ans, à l'air sauvage. Elle m'ouvrit le cabinet de son père en levant brusquement le voile de ses grands cils noirs et en me jetant un regard inquiet et timide.

Je trouvai Miraz accroupi sur une chaise basse au coin de son feu, en robe de chambre de vieillard, avec des coulées de mèches grises dans sa longue chevelure ; et, à la main moite et froide qu'il me tendit, au regard blanc qu'il tourna vers moi, je devinai qu'il était perdu. Chose horrible ! je trouvais à mon malheureux camarade cet aspect de ruine foudroyée qui nous frappait autrefois chez les pauvres Polonais de la crèmerie.

— Eh bien, mon vieux, ça ne va donc pas ?

— Fichu ! mon cher, me répondit-il avec un affreux sourire. Je m'en vais bêtement de la poitrine, comme dans un cinquième acte... Tu sais, quand le vénérable docteur, avec une tête à la Béranger, tâte le pouls de la jeune première et lève les yeux au ciel en disant : « l'agonie approche ! »... Seulement, la différence, chez moi, c'est qu'elle se prolonge, c'est qu'elle n'en finit plus, l'agonie !... Fume donc, ça ne me gêne pas, ajouta-t-il en me voyant jeter mon cigare, et il eut une toux qui ressemblait à un râle.

J'essayai de trouver des paroles encourageantes. Je lui parlais en lui tenant la main, en lui frappant doucement sur l'épaule ; mais j'entendais sonner ma voix dans le vide comme lorsqu'on ment, et Miraz, en me regardant, semblait avoir pitié de mes efforts.

Je me tus.

— Tiens, fit-il en me montrant sa table, vois mon établi... Voilà six mois que je ne peux plus écrire.

C'était vrai. Rien n'était sinistre comme cet encombrement de paperasses couvertes de poussière ; et dans un plat de vieux Rouen, il y avait un tas de plumes d'oie, encrassées d'encre et pareilles à ces trophées de fleurets rouillés qui pendent à la muraille des anciens bretteurs.

Je fis une nouvelle tentative pour le ranimer. Mourir ! A son âge ! Allons donc ! Bien sûr, il ne se soignait pas. Il devrait passer l'hiver dans le Midi, boire un bon coup de soleil. Il le pouvait... N'avait-il pas de l'aisance ?

Mais il m'arrêta, en posant la main sur mon bras.

— Écoute, me dit-il avec gravité, nous ne nous voyons guère, mais tu es mon plus ancien, peut-être mon meilleur camarade... Tu me l'as prouvé, la plume à la main... Eh bien ! je veux te faire une confidence que tu garderas pour toi, sauf à t'en servir, à l'occasion, pour décourager les jeunes galopins de lettres qui te soumettent des manuscrits, ce qui est toujours une louable action... Oui, j'ai eu du succès. Oui, l'on m'a payé un franc la ligne. Oui, j'ai gagné de l'argent, et il y a là, dans ce tiroir, un certain nombre de papiers jaunes, verts et rouges, dont on coupe un petit morceau tous les six mois et qui représentent trois ou quatre mille francs de rentes... C'est très rare, dans la profession ; et pour faire cette pauvre épargne, il m'a fallu, moi, poète, imiter les plus farouches vertus d'un bourgeois, savoir refuser un bijou à ma femme, une robe à ma fille... Enfin, j'ai cet argent... Et je me disais souvent : Si je meurs, c'est leur pain assuré, c'est une petite dot pour Hélène !... Et j'étais content, et j'étais fier ! Car je les connais, les histoires de nos veuves et de nos orphelines... Les secours de quatre sous du ministère, les

bureaux de tabac de six cents francs en province... et, si la fille est intelligente et jolie, comme la mienne, l'auteur dramatique, ancien ami de papa, qui lui conseille d'entrer au Conservatoire et qui en fait une... Tonnerre de Dieu ! voilà ce qui ne sera pas !... Mais, pour cela, mon cher, il ne faut pas que je traîne. Ça coûte cher, la maladie, et l'on a déjà dû vendre deux ou trois des papiers à coupons qui sont dans le tiroir... Pour aller au soleil, comme tu dis, pour faire le lézard à Cannes ou à Menton, il faudrait encore en lâcher un... et il n'y en aurait plus à la fin, si je m'attardais encore sept ou huit ans, maintenant que je ne peux plus faire de copie... Heureusement ce n'est pas à craindre... Mais, ce que j'ai souffert depuis que je suis incapable d'écrire et que je sens cette poignée d'or fondre et diminuer dans ma main comme la *Peau de chagrin* de Balzac, c'est épouvantable !... Maintenant tu m'as compris, n'est-ce pas ? et tu ne me conseilleras plus de me soigner... Va, si tu sais encore prier le bon Dieu, dis-lui de m'envoyer promptement les croque-morts.

*
* *

Quinze jours après, nous étions une trentaine derrière le corbillard qui emmenait Louis Miraz au cimetière Montmartre. Il avait neigé la veille, et le docteur Arnould, le vieux rouleur d'ateliers de peintres, l'ami et le médecin du défunt, m'avait dit de sa voix de rapin, en marchant près de moi :

— Bien banal, mais toujours terrible, le contraste... Un enterrement par un temps de neige... Noir sur blanc... C'est à ne plus oser blaguer le *Convoi d'un pauvre*, de feu Vigneron... Brrr !...

Enfin, on était arrivé au bord de la fosse. Le lieu et le moment étaient lugubres. Sous un ciel sale, les petits ifs secouaient au vent leurs grumelots de neige fondue. Les assistants avaient formé le cercle et regardaient les fossoyeurs qui faisaient glisser le cercueil sur des cordes. Auprès d'un porte-croix dont le surplis trop court laissait voir le bas du pantalon, le prêtre attendait, un doigt dans son livre ; et, ayant assujetti le bord de son chapeau dans son bras gauche replié, l'orateur de la Société des Gens de Lettres tenait déjà dans sa main gantée de noir les feuillets de l'éloge funèbre, bâclé tout à l'heure avec l'aide d'un camarade, devant deux petits verres, sur un coin de table de café.

Tout à coup, comme le prêtre commençait les prières latines, le docteur Arnould me saisit le bras et approcha sa bouche de mon oreille.

— Vous savez qu'il s'est tué, me dit-il à voix basse.

Je le regardai, stupéfait. Mais il me montra du doigt le groupe noir formé par madame Miraz et sa fille, qui suffoquaient sous leurs longs voiles et s'embrassaient d'une étreinte tragique ; et il ajouta :

— Pour elles !... Oui, depuis six mois, il jetait au feu tous les médicaments, commettait à dessein toutes les imprudences... Il me l'a avoué avant de mourir... Je n'y comprenais rien, moi, qui m'étais promis de le traîner au moins trois ans, avec la créosote... Enfin, l'autre nuit, où il a gelé si fort, il a laissé sa fenêtre ouverte, comme par oubli, et il a pris une fluxion de poitrine... Oui, pour laisser du pain à ces deux femmes !... Le curé ne se doute pas qu'il bénit un suicidé. Mais, va, mon bonhomme, Miraz est dans le paradis des braves... Cette mort en détail, hein? C'est plus raide que de passer le pont d'Arcole !

UN VIEUX
DE LA VIEILLE

Les Vieux de la Vieille ! les soldats du grand Empereur !... Ils sont si superbes, ces Diomèdes et ces Idoménées de l'Iliade moderne, que tous ceux qui en ont parlé, qui les ont peints d'après nature, en ont reçu comme un coup de génie, comme un souffle d'épopée. Voyez plutôt, dans le seul Balzac, toutes ces belles figures militaires : Hulot, devenu sourd à force d'entendre le canon ; Chabert le spectre, montrant la cicatrice de son crâne et ce formidable truand de Philippe Bridau, avec son regard bleu d'acier « qui plombe les imbéciles ».

Eh bien, si jeune que je sois encore, —mes quarante ans seraient l'adolescence pour un jeune-premier ou pour un musicien prix-de-Rome, — j'ai pu voir et connaître encore un de ces magnifiques sabreurs, et c'est ce souvenir d'enfance que je voudrais fixer aujourd'hui.

Oh ! cela remonte loin, très loin, et voici que j'évoque une des premières impres-sions de ma mémoire. Je me revois bam-bin de cinq ans, ma main dans celle de mon père, devant le Palais des Tuileries, un 1ᵉʳ mai, jour de la Saint-Philippe. Il y a foule autour de la musique de la garde nationale qui joue la *Parisienne*. On chante :

> Soldat du drapeau tricolore,
> D'Orléans, toi qui l'as porté !

et l'enthousiasme est au comble, et les voltigeurs mettent leurs shakos à pompon jaune au bout de leurs baïonnettes, lors-que la famille royale paraît au balcon : le roi en pantalon blanc, le grand cordon de la Légion d'honneur sous son habit bleu-barbeau à boutons d'or, agitant son chapeau gris ; la Reine avec ses vénérables

« anglaises », et les princes dans leurs uniformes de généraux d'Afrique.

Mais mon père hausse les épaules, en entendant crier : *Vive le roi !* et entraîne vivement son gamin. Quel dommage ! je trouvais cela magnifique ! Car il est légitimiste, le pauvre cher homme ! légitimiste bien désintéressé, lui, petit employé sans fortune, humble de mœurs et de cœur. Son Roi, à lui, c'est le duc de Bordeaux, dont nous avons à la maison un portrait gravé, dans un cadre d'acajou, un portrait à l'âge de dix-huit ans, avec une jolie figure poupine, les cheveux en coup de vent et, au bas, le *fac-similé* de la signature du prince. Sois tranquille, cher et vénéré père, si sceptique en ces matières que soit devenu ton fils, ce portrait est toujours à sa place, dans la salle à manger, ce portrait sur lequel je t'ai vu lever tant de fois, pendant le repas, ton fidèle regard d'honnête homme.

Ce jour-là, le jour où l'on avait crié : *Vive le Roi !* devant Louis-Philippe, dire que cela se passait en 1847 ! ce jour-là, comme assez souvent d'ailleurs, mon père m'emmenait chez son vieil ami, le capitaine Blot. Car le capitaine était aussi henriquinquiste que mon père, bien qu'il eût été décoré de la main de l'Empereur à l'affaire du pont de Montereau.

***

Comment s'était opérée cette conversion? C'est toute une histoire.

Aux journées de juillet 1830, Blot était capitaine dans les dragons de la garde. Entre nous, il ne s'était guère soucié de politique jusqu'alors. Conscrit de la grande levée de 1813, maréchal-des-logis pendant la campagne de France, sous-lieutenant à Waterloo, il avait obéi à ses chefs, rondement et simplement, comme une bonne pâte de héros qu'il était, et je ne voudrais pas jurer qu'il n'eût pas eu beaucoup de chagrin quand on lui avait deux fois changé sa cocarde tricolore en cocarde blanche. Mais enfin il était resté au service par goût autant que par esprit de discipline, parce qu'il aimait son régiment, ses camarades, son uniforme et son cheval. Aux « trois glorieuses », il commandait son escadron ; quand son tour était venu de charger, il avait chargé, et une mauvaise balle mâchée lui avait brisé le genou.

On l'avait transporté au Val-de-Grâce ; Larrey, le vieux Larrey de Napoléon, lui avait coupé la jambe à moitié cuisse, et l'un des plus beaux officiers de l'armée, l'hercule qui faisait gémir sa jument en serrant les genoux, était sorti de l'hôpital, décrivant à chaque pas un demi-cercle avec sa jambe de bois et s'appuyant sur une canne à béquille.

Blessé dans une émeute ! Amputé pour un méchant coup de fusil tiré par un voyou ! C'était rude pour le vieux dragon qui avait traversé sans une égratignure les paquets de mitraille et les feux de bataillon de Champaubert, de Montmirail, et des Quatre-Bras. Mais, quoi ! il fallait se résigner. Le capitaine était un stoïque ; il pouvait vivre à l'aise avec sa pension de retraite et quelque bien qu'il avait, et quand il eut installé dans un petit appartement, rue du Bac, au fond d'une cour, son mobilier style empire, sa croix de Montereau sous un verre et ses panoplies de sabres et de pistolets, il songea qu'après tout l'âge du repos était venu et, bien vite, il n'eut même plus de mélancolie lorsque, se jetant dans un de ses fauteuils en velours d'Utrecht jaune, à tête de sphinx, il voyait s'étendre, toute droite devant lui, sa jambe de bois dans son pantalon dont le gros drap bleu était serré près du bout, par une coulisse, comme une bourse.

Mais il reçut des visites d'anciens camarades, d'officiers de la garde démissionnaires, gens de qualité qui boudaient le nouveau régime. Tous témoignaient une sympathie attendrie, presque respectueuse, à la victime de la Révolution, à l'invalide de Juillet ; ils le plaignaient, exaltaient sa belle conduite, son dévouement à la bonne cause, au roi légitime. Si modeste que fût l'excellent homme, ces compliments ne lui déplaisaient pas. Il se disait bien, quand il était tout seul, qu'il n'avait fait que son devoir de soldat. Son colonel avait commandé : « Par pelotons, rompez les escadrons. » Alors il avait enroulé deux fois autour de son poignet la dragonne de son sabre, pour taper plus fort, et il avait chargé d'aussi bon cœur qu'à Mont-Saint-Jean, sous Lefèvre-Desnouettes, mais sans se demander si Charles X était oui ou non de droit divin. Néanmoins, quand un de ses anciens compagnons d'armes, un noble, un « monsieur de », ainsi que le capitaine disait à la façon des gens du peuple venait lui parler de sa fidélité, de sa loyauté, de ses principes, l'honnête Biot finissait par prendre au sérieux ces petites flatteries et par croire, comme on dit, que c'était arrivé.

Puis les femmes s'en mêlèrent, car plusieurs de ses camarades étaient mariés ; et, passant par leurs bouches, les éloges tourer de petits soins, de câlineries, de lui faire de gracieux présents. On voit la confusion du bon capitaine lorsqu'une marquise, s'il vous plaît, lui apportait un tabouret pour son unique pied, un tabouret dont elle avait fait la tapisserie de ses nobles mains, et il commençait à

ELLES VINRENT D'ABORD AVEC LEURS MARIS, PUIS SEULES...

touchaient bien plus vivement le vieux brave. Elles vinrent d'abord avec leurs maris, puis seules, liberté qu'autorisaient l'âge déjà très respectable et l'infirmité du capitaine, et ce fut bientôt une mode, dans le faubourg Saint-Germain, d'aller chez celui qu'on appelait maintenant « le pauvre martyr », de l'en-

trouver que c'était de la par de la marquise une attention très délicate, d'y
avoir brodé quelques fleurs de lys.

Pardieu ! le capitaine ne reniait point
son passé, et malgré la grimace un peu
dégoûtée qu'il surprenait parfois sur le
visage de ces aristocratiques visiteuses, il
n'avait pas décroché des murs de son
salon les gravures qui représentaient le
Petit Caporal buvant à la gourde d'un
grenadier, ou couché sur deux chaises et
chauffant sa botte au bivouac d'Auster-
litz. Mais, le jour où la femme de son
ancien chef d'escadrons, une petite vi-
comtesse blonde qui parfumait d'une
odeur de verveine, en agitant son mouchoir, le logis du capitaine, lui fit hom-
mage du portrait de Charles X, gravé
d'après Lawrence, le dragon ne put pas
moins faire que de donner au Bourbon
une place entre deux Bonaparte ; si bien
qu'au bout de quelque temps les opinions
et les meubles du capitaine présentèrent
les mêmes inconséquences et les mêmes
contradictions. Dans sa petite bibliothèque, que surmontaient, en se faisant
pendant, les bustes du Premier Consul
et de Marie-Antoinette, un Bonald, non
coupé, j'en ai bien peur, était surpris
d'avoisiner le *Mémorial de Sainte-Hélène*,
et les *Victoires et Conquêtes des Français*
s'étonnaient d'être auprès des *Mémoires
de Cléry* ; de même que sur la muraille,
au-dessous d'un trophée de vieux sabres
d'ordonnance qui avaient jadis travaillé
les côtes des Coalisés, un singulier tableau, encadré de velours noir, offrait
l'image d'un saule pleureur dans le feuillage duquel se découpaient, par des blancs
adroitement ménagés, les profils des au-
gustes prisonniers du Temple.

*
*   *

En 1847, c'est-à-dire après avoir été
traité de martyr pendant dix-sept ans,
le capitaine Blot était donc devenu plus
légitimiste qu'un voltigeur de Gand ; et
c'est pourquoi mon excellent père, ce
jour de Saint-Philippe où il était tellement irrité d'avoir entendu saluer par le
cri de : *Vive le Roi !* l'apparition, au balcon des Tuileries, du toupet et des favoris
gris de l'usurpateur, m'emmenait chez
son vieil ami afin de s'y soulager par une
conversation séditieuse.

Moi, j'aimais beaucoup aller chez le
capitaine, car il adorait les enfants ; et
dès que son ancien brosseur, devenu son
valet de chambre, nous avait introduits,
mon père et moi, le brave homme, un
Kléber en cheveux blancs, me faisait asseoir sur sa moitié de cuisse, me couvrait
de caresses et envoyait chercher une
assiette de gâteaux. Puis, se levant et
marchant agilement par la chambre,
malgré sa jambe de bois, il m'installait
près de la fenêtre d'où l'on voyait des
jardins, devant une petite table, ouvrait
sous mes yeux son « Norvins illustré » et
me disait :

— Tiens, conscrit... regarde les images.

Et tandis que tout en mangeant des
pâtisseries et en écoutant chanter les
fauvettes dans le feuillage vert, je voyais
défiler devant mes regards enfantins les
gloires de la République et de l'Empire,
ressuscitées par le crayon de Raffet, les
deux amis tenaient les discours les plus
factieux contre le gouvernement de Louis-
Philippe, et leurs deux colères retombaient
toujours sur M. Guizot comme les mar-
teaux alternés de deux forgerons battant
le fer rouge sur l'enclume.

Parfois cependant, dans le feu de la
conversation, le capitaine se levait et se
promenait de long en large, en faisant
craquer son pilon. Machinalement, il
regardait par-dessus mon épaule l'estampe
du « Norvins » ouvert devant moi, et, si
par hasard elle représentait un de ses
vieux combats, il plantait là sa diatribe
sur les mariages espagnols ou sur l'indem-
nité Pritchard, et, tout de suite, en avant
les grands souvenirs !

— Oui, oui, c'est bien cela, disait-il en
posant son doigt sur le livre à la page de
la bataille de Montereau... Il était là, en
haut du coteau de Surville, braquant sa
lunette sur le pont, où les grenadiers de
Mortier attaquaient les Wurtembourgeois
à la baïonnette, et le vent, un vent très
aigre de février, éparpillait la crinière de
son cheval et soulevait les pans de sa
capote grise ; et nous autres, les dragons,
nous étions là, sous sa main... C'est alors
qu'il s'est passé une chose terrible... Un
général, l'uniforme tout noirci, sans chapeau, arrive devant notre colonel et lui
crie, avec un geste impérieux : « A votre
tour ! » Mais le colonel, un vieux malin,
regarde le pont, voit que les bonnets à
poils ne l'ont pas encore forcé, que nous

allons charger les camarades, et répond carrément : « Non, mon général... Pas encore... » L'autre devient cramoisi, cherche d'instinct un pistolet dans ses fontes... et, de fait, notre chef jouait un jeu à se faire brûler la cervelle en face de ses escadrons... Mais l'Empereur, il était à quinze pas de là, avait tout vu, tout entendu. Il étendit la main, sa petite main de femme, et fit un geste qui voulait dire : « La paix ! »... Hein ! quel homme ! donner raison à un subalterne ! compromettre d'un coup la discipline !... Mais il ne pensait plus qu'à une chose : gagner sa bataille, et notre colonel avait raison ; il n'était pas encore temps de charger... Un instant après, le pont était libre, et, cette fois, Napoléon ne fit pas même un geste ; mais il lança au colonel un regard qui lui traversa le cœur... Alors le vieux se tourna vers nous, tout debout sur ses étriers, le bras et le sabre en l'air, effrayant à voir ; il nous lâcha un « N... de D..., dragons ! » que nous connaissions bien, et tout le régiment partit au galop en criant comme un seul homme : « Vive l'Empereur ! »

Mais soudain, le narrateur s'arrêtait court et, en me retournant, surpris, je voyais mon père qui souriait et qui montrait du doigt au capitaine le portrait de Charles X.

— Que voulez-vous ? que voulez-vous ? disait alors le brave homme, rougissant et balbutiant... c'est le jour où il m'a décoré.

**

J'avais oublié le capitaine Blot, qui fut si bon pour moi dans mon enfance ; mais son souvenir m'est revenu, un jour de l'été dernier, dans un petit port de la Manche, où je me promenais sur un quai brûlé de soleil. Je regardais un canon hors d'usage qu'on avait planté en terre par la culasse pour amarrer les navires, et qui devait être à cette place depuis bien longtemps, car le vent l'avait rempli de terre et de sable jusqu'à la gueule, si bien qu'une touffe de chardons de mer avait poussé là.

Cette petite fleur bleue dans la vieille pièce de bronze m'a rappelé la bonté du vieux soldat.

LE PAIN BÉNIT

Je poussai la porte rembourrée, et j'entrai dans l'église, à l'heure de la grand'messe.

Une bouffée d'air chaud, où se combinaient les odeurs des cierges allumés, de l'encens et du calorifère, me frappa le visage et, en même temps que le bruit des gros sous secoués dans la vieille bourse de velours par la dame quêteuse, m'arriva, plein, gras, corsé, l'unisson des chantres, venant de là-bas, tout au fond, dans le chœur :

— *Et cum Spiritu tuo.*

Mais je fis demi-tour à gauche, je passai sous une petite porte ogivale et, brusquement, je n'entendis plus rien, je respirai l'atmosphère moisie des caves et je reçus une douche glacée sur les épaules. Je me trouvais au bas de l'escalier en tire-bouchon qui conduit dans l'intérieur de l'orgue, où j'allais voir, ce dimanche-là, mon ami Hermann.

Avez-vous remarqué la ressemblance qu'il y a entre les escaliers qui mènent aux logettes d'organistes et ceux des entresols de marchands de vin? C'est sans doute pour cela que mon ami Hermann aime tant les déjeuners au chablis et aux escargots et qu'il a toujours des taches de gloria sur son inamovible cravate blanche ; ce qui ne l'empêche pas d'être un contre-pointiste profond et un merveilleux improvisateur. Je n'oublierai jamais les variations qu'un certain jour de Pâques, au canon de la messe, il improvisa devant moi sur ce motif mélancolique si populaire dans les rues de Paris :

Chiffons à vendre
Voilà la marchande de chiffons !

C'était aussi beau que du Bach, et je suis persuadé qu'au sein du Paradis, les Anges, Archanges, Séraphins, Chérubins, Puissances, Vertus, Trônes et Dominations en ont pleuré de joie mystique.

Dans mon état normal, je supporte la musique ; quand je suis triste, je l'aime, surtout la musique d'église. Voilà pourquoi j'allais voir Hermann.

Car j'étais triste, ce jour-là, oh ! triste comme un mois de pluie dans un « bain de mer ». Pourquoi? Je ne m'en souviens plus. Peut-être à cause du brouillard qui sentait la suie comme le « fog » anglais, peut-être tout simplement par spleen, parce que la vie est courte et que les journées sont longues. Était-ce une lâcheté d'ami, une trahison de femme, qui m'avait fait au cœur ce pli douloureux? Qu'importe. Mais j'avais l'esprit crispé; des papillons noirs voltigeaient dans mon cerveau, et j'accusais la destinée qui ne nous donne du bonheur qu'à dose homéopathique.

L'orgue d'Hermann, Noël et Chapsal nous obligent à écrire cette phrase barbare, est *un* des plus *grandes* de Paris. Vu de la nef, il a une très magnifique tournure, cet édifice du style rococo, avec ses hautes tourelles, ses énormes tuyaux de montre qui fait songer aux cartouchières d'un Circassien géant, et ses grands diables d'anges, en chêne sculpté, drapés avec pompe et se gonflant hideusement les joues pour souffler dans leurs trompettes d'or. Aussi vaut-elle un bon troisième, la vis aux marches raides et usées, mal éclairée par des meurtrières, qui mène dans le buffet d'Hermann, et je la gravissais en soupirant, moins de fatigue pourtant que de vague chagrin.

*
* *

Je trouvai mon ami assis sur son tabouret, les bras croisés, devant ses claviers ;

et, juste à cette minute, dominant le bruit des piétinements qui montaient jusqu'à nous des bas-côtés de l'église, la voix du diacre nasilla, lointaine :

— *Sequentia sancti Evangelii secundum Matthæum.*

Aussitôt les deux crabes à cinq pattes qui servent de mains à Hermann, de vraies mains de pianiste, s'abattirent sur les touches, et un harmonieux roulement de tonnerre, qui me fit passer un frisson dans le cœur, éclata, si puissant, si nourri, si sonore, que j'entendis à peine le chœur des fidèles, qui se mêlait au chant de l'orgue, pour répondre au diacre :

— *Gloria tibi, Domine.*

C'était cette griserie musicale que j'étais venu chercher.

Mais l'instrument devait rester muet jusqu'à la fin de l'Évangile, et, en attendant, après avoir serré le crabe qu'Hermann me tendit cordialement, j'allai m'accouder au balcon de l'orgue, à côté d'un des anges sonneurs de trompettes, qui était vraiment monstrueux à voir de près, avec ses grosses joues de triton des eaux de Versailles.

Mais de là, le coup d'œil est admirable. Le regard enfile toute l'église jusqu'au fond de l'abside, et pour mon compte je ne les dédaigne pas, ces églises jésuites du dix-huitième siècle, où les fumées bleues de l'encens montent dans de larges bandes de soleil, que laissent pénétrer les grandes fenêtres sans vitraux. Ces colonnades corinthiennes, ces statues mouvementées et emphatiques dans le goût du Bernin, ces chaires à colonnes torses, ces baldaquins à panaches, ces autels étincelants, avec leurs nuages de marbre et leurs rayons de soleil en bois doré, tout cela est d'un mauvais goût très noble et très somptueux ; c'est de l'art déclamatoire, soit ; cela donne l'idée d'une prière écrite par un rhéteur, d'accord ; c'est de la décadence toute pure, tant que vous voudrez. Mais j'aime encore mieux Saint-Roch ou Saint-Sulpice que nos églises modernes, copies de basiliques byzantines ou de cathédrales du quinzième siècle, ratées par des prix de Rome.

Cependant, ce jour-là, je vous le répète, j'étais triste à pleurer ; rien ne pouvait me distraire ; et tandis que le nez du diacre chantait, sur une monotone mélopée, le mauvais latin dans lequel on a traduit le Synoptique, je restais accoudé dans une pose pleine d'abandon auprès du colosse joufflu, et je laissais tomber mon regard juste au-dessous de moi, comme un fil à plomb.

Très grotesque, l'humanité, vue dans un pareil raccourci. A chaque instant, des fidèles en-
traient et sor-
taient, et les coups
sourds de la porte
rembourrée qui re-
tombait derrière
eux, scandaient
irrégulièrement la
lointaine psalmo-
die du diacre. Et
je voyais passer
un gros homme
dont le ventre ca-
chait les pieds et
qui semblait rou-
ler sur sa bedaine ;
un fantassin, son
shako sous le bras,
qui ne montrait
que la rondeur
blonde de sa tête
rasée, l'ourlet su-
périeur de ses oreil-
les et sa paire d'é-
paulettes rouges ;
un couple de cor-
nettes blanches,
dissimulant deux
sœurs de charité,
et battant des ailes
avec l'air de deux
grands papillons
maladroits. Les
calvities surtout
étaient curieuses
à observer de là-
haut ; leur nudité,
parfois creusée
d'un sillon, étin-
celait, et je m'ex-
pliquais l'erreur de
l'aigle qui, ayant
enlevé une tortue
dans l'espace, prit

J'ÉTAIS TRISTE A PLEURER.

le crâne d'Eschyle pour une pierre sur la-quelle il pourrait briser la carapace de sa tortue et tua raide le tragique grec.

Tous ces passants ne reprenaient figure humaine qu'après avoir fait une cinquan-taine de pas dans la nef ou dans les bas-côtés et ils me rappelaient un ancien

dessin du *Magasin pittoresque*, un dessin du bizarre et compliqué Granville, où se trouve fixé ce singulier effet de perspec-tive. Et tous mes bonheurs de petit garçon me revenaient dans un effluve de souve-nirs. Oh ! les heures délicieuses où l'on ouvre sa boîte d'aquarelles et où l'on mouille son pinceau avec sa langue pour enluminer les gravures sur bois d'un vieux bouquin ! Quiconque n'a pas ainsi gâté un exemplaire des premières années du *Magasin pittoresque*, avant sa première communion, n'a pas eu d'enfance. Comme c'était loin, ce bon temps-là ! Et je me sentais plus triste, plus malheureux que jamais.

Cependant, l'Évangile était fini, les *Dominus vobiscum* recommençaient, on avait dit le *Credo* et l'on arrivait à l'Offertoire.

A ce moment de la messe, l'orgue joue seul, comme on sait. Ayant vivement tiré et repoussé quelques registres, Hermann, ses doigts osseux griffés sur le clavier, ses jambes écartées sur les pédales, faisait jaillir du magique instrument un sublime chant de prière, et là-bas, dans le sanctuaire, où se balançaient les encensoirs rythmiques, on venait d'apporter le pain bénit.

*
* *

Le splendide gâteau ! la triomphante brioche ! Elle trônait, sur une nappe immaculée, et l'on devinait, même à l'admirer de si loin, qu'elle devait sentir bien bon et être toute chaude.

Après les oraisons, deux grandes corbeilles circulèrent, pleines de morceaux de pain bénit, petits et grands ; elles étaient portées par quatre enfants de chœur que précédait, en faisant sonner sa hallebarde, un superbe suisse à graines d'épinards, doué d'une paire de mollets qui aurait rendu Catherine II rêveuse, si elle en avait vu de pareils à un grenadier de sa garde. Quant à la royale brioche, elle avait bien vite disparu, étant sans doute réservée à M. le Curé.

Le pain bénit fut d'abord présenté aux marguilliers, assis au banc d'œuvre.

C'étaient de lourds bourgeois chaudement vêtus pour l'hiver, coiffés de bonnets de velours, assis dans leurs stalles de chêne avec l'attitude assurée et confortable des riches. Ils prirent sans scrupule les plus grosses parts entre leurs doigts couverts de gants fourrés, puis, ayant ébauché un signe de croix, ils mangèrent avec lenteur. Quelques-uns même, de vieux fabriciens qui ne se gênaient pas, des amis de la maison, choisissaient un second morceau, quelquefois un troisième,

et, tirant un journal de leur poche, enveloppaient le gâteau avec soin, pour le rapporter dans leur famille.

Quand les corbeilles arrivèrent devant les premiers rangs des fidèles, près de la table de communion, elles étaient déjà fort entamées ; mais ceux à qui on les présentait étaient encore des gens privilégiés : dévots connus, dames pieuses et aumônières, pénitentes de M. l'abbé tel ou tel, tous paroissiens notables, ayant leurs noms ou leurs initiales gravés sur une plaque de cuivre au dossier de leur prie-Dieu.

Ceux-là encore prirent largement du pain bénit et firent aussi leur petite provision. A la dix ou douzième rangée, il n'y avait plus que de très médiocres morceaux ; puis, malgré la présence de la sœur, les petites orphelines à béguin noir et à pèlerine bleue ne furent point discrètes, de sorte que les gens du bas de la nef fouillèrent en vain au fond des corbeilles ; ils n'eurent que des miettes insignifiantes.

Quant au groupe de pauvres que j'avais aperçus, en entrant, sous le buffet de l'orgue : bonnes femmes à chapelet, vieux hommes debout ou à genoux sur leur casquette, servantes en bonnet de paysanne, ma foi ! tant pis pour ceux qui ne peuvent pas donner un sou à la loueuse de chaises, ils virent passer devant leur nez les corbeilles vides, que les enfants de chœur remportaient à la sacristie en les balançant avec des gestes de gamins.

Dans la fâcheuse humeur où j'étais, cette injustice m'offensa. Hermann avait beau ouvrir et fermer les registres, choisir ses flûtes les plus douces, ses hautbois les plus suaves, lâcher les « voix célestes », et emplir la vaste église d'une hymne d'apaisement et de sérénité, j'avais le cœur plein de révolte ; et c'est alors que je pris cette note que je viens de retrouver sur un vieux carnet :

« Le bonheur est pareil au pain bénit de la grand'messe ; on n'en a qu'un tout petit morceau, le dimanche seulement, et tous les fidèles n'en ont pas. »

L'HONNEUR

EST SAUF

Il y a une trentaine d'années,
toutes les personnes composant le
minuscule faubourg Saint-Germain
et la haute bourgeoisie de Vannes
étaient d'accord pour déclarer que
mademoiselle de Saint-Avé était
la plus belle jeune fille de la « société ». Tous vantaient aussi sa grande
piété, ses manières pleines de noblesse,
ses habitudes charitables, et le dévouement avec lequel elle prenait soin de la
vieillesse de son grand-père, le seul parent
qui lui restât, car sa mère était morte en
couches, et son père, un des Chouans de
la dernière heure, avait reçu une balle
dans la poitrine, le 6 juin 1832, au combat du Chêne, et avait rendu le dernier
soupir en baisant la main de la duchesse
de Berry, qui pansait sa blessure.

Orpheline à quatre ans, Blanche avait
été élevée par son aïeul, le baron de Saint-
Avé, ancien émigré, qui, en 1842, au
moment où sa petite-fille coiffait sainte
Catherine, venait d'atteindre sa quatre-
vingt-deuxième année.

Le vieux gentilhomme et la belle demoiselle faisaient donc l'orgueil de la petite
cité bretonne. Lorsqu'un Vannetais montrait les curiosités de la ville à un étranger,
il ne manquait pas de le mener dans la rue
des Orfèvres et de lui faire admirer l'antique logis des Saint-Avé, une maison
du quinzième siècle bâtie sur piliers, à
haut toit pointu, aux trois étages sur-
plombant les uns sur les autres, avec des
figures grotesques sculptées aux angles
extérieurs des pignons ; puis le provincial
ajoutait toujours orgueilleusement :

— C'est ici que loge mademoiselle de
Saint-Avé, la plus noble et la plus belle
personne de la ville.

La plus noble? C'était exact, car la
famille de Saint-Avé datait du combat des

Trente. La plus belle? C'était vrai aussi ; et quand, à la grand'messe de la cathédrale, arrivait, au bras de son aïeul, qui était un magnifique vieillard, cette grande et orgueilleuse fille aux cheveux d'or, svelte comme une Diane de Jean Goujon, un frémissement et un murmure couraient dans l'assemblée des fidèles.

Seulement, comme la noble demoiselle était pauvre, elle n'avait pas encore trouvé d'épouseur à vingt-cinq ans, et ceux qui l'auraient vue, quand elle était seule et qu'elle pensait à cela, mordre sa lèvre rouge, auraient été effrayés de la passion qui brûlait dans ses yeux noirs.

*
* *

Autrefois, lorsque le baron de Saint-Avé portait le sac et le fusil du volontaire à l'armée des princes, il avait auprès de lui comme valet ou plutôt comme espèce d'écuyer, un tout jeune homme du pays nommé Loïc Huelgoat, qui ne l'avait jamais quitté depuis cette époque et qui avait étonné les bourgeois de Hambourg, où le baron vécut pendant l'émigration, par son chapeau et ses larges *bragou-bras*. Vieilli avec son maître, ce serviteur, dont la fidélité était aussi solide qu'un des dolmens de Carnac, composait, avec deux servantes à coiffes de paysannes, tout le personnel domestique de la maison.

Ah ! l'existence était austère et monotone dans l'ancienne demeure. Le grand-père et la petite-fille y vivaient chichement du maigre revenu de quelques terres payé en sacs par les fermiers. Peu ou point de visites, sinon celles de quelques vieilles dames à « ridicule » et de deux ou trois prêtres à parapluie. Quand il faisait beau, on se permettait un tour de promenade sous les vieux arbres qui longent le port, où le baron saluait gravement quelques figures de connaissance et où mademoiselle de Saint-Avé jetait des sous aux mousses déguenillés qui sortaient à son approche des bateaux échoués dans la vase et couraient à côté d'elle, pieds nus sur les dalles. Mais quand il pleuvait, il pleut deux jours sur trois dans le Morbihan, on gardait le logis, et tandis que l'aïeul, au coin du feu allumé hiver comme été dans le salon humide, s'endormait sur *la Gazette de France*, mademoiselle Blanche, assise près de la croisée à petits carreaux, d'où

l'on apercevait un carrefour mélancolique et, au-dessus des toits, la tour de Saint-Pierre, faisait voltiger sous ses belles mains blanches à mitaines les fuseaux de son métier à dentelle.

Et la journée s'écoulait ainsi sans un événement ; et les heures de plomb tombaient, lugubrement comptées par la grosse horloge de la cathédrale ; et le silence écrasant pesait sur la ville morte, seulement coupé de temps à autre par le clapotement d'une paire de sabots sur le pavé.

Loïc Huelgoat, le vieux domestique, était veuf et avait un fils, que le baron et Blanche avaient tenu naguère sur les fonts et qui, maintenant âgé de dix-huit ans, venait de sortir du petit séminaire. Jeune garçon, Sulpice accompagnait mademoiselle de Saint-Avé dans ses visites aux pauvres gens, comme une sorte de page campagnard, ayant sous le bras le panier de provisions ; et à présent, nul ne s'étonnait, les dimanches où le baron était souffrant, de voir sa fille aller aux offices, ayant à côté d'elle cet adolescent fort beau, mais gauche et mal habillé, qui portait les deux paroissiens.

— C'est le fils du père Loïc, disaient les dévotes entre elles ; vous savez celui qui étudie pour être prêtre.

Le gentilhomme avait voulu reconnaître ainsi les longues années de dévouement de son vieux serviteur. Au Moyen âge, il eût fait mettre Loïc à genoux, lui eût frappé l'épaule du plat de l'épée et l'eût armé chevalier en l'embrassant. Mais, les mœurs ayant changé, il tenait du moins à récompenser Loïc en faisant de son fils unique ce qui était le plus près d'un noble dans l'ancienne hiérarchie, un prêtre. Sulpice avait donc fait d'excellentes études aux frais du baron ; mais, lorsqu'il s'agit pour lui d'être tonsuré et de prendre la soutane, le jeune homme déclara à ses maîtres qu'il ne se sentait aucune vocation pour « le ministère ». Ce fut une grande déception, un vrai chagrin pour M. de Saint-Avé et pour le père Loïc. Le bonhomme fit comparaître solennellement son fils devant le baron, qui le chapitra deux heures durant du fond de son grand fauteuil ; mais Sulpice, tout en protestant de sa reconnaissance et de son respect pour son bienfaiteur, fut inébranlable. Il fallut se rendre au désir du jeune homme, qui prouvait, en somme, une âme scrupuleuse, et on le

LA JOURNÉE S'ÉCOULAIT AINSI SANS ÉVÉNEMENT.

plaça comme clerc chez un notaire de la ville.

Tous les dimanches, il venait dîner dans le vieux logis de la rue des Orfèvres, à cette table où son père s'asseyait aussi ce jour-là par faveur exceptionnelle, et, le soir, il faisait la lecture au baron et à sa fille. Le vieillard ne tardait pas à s'endormir et le clerc, accoudé dans le rayonnement de la lampe, continuait à lire à voix assez haute pour dominer le cliquetis des fuseaux de dentellière que mademoiselle Blanche, assise de l'autre côté de la table, ne cessait de remuer entre ses doigts agiles. Enfin, la noble fille lui disait de sa voix grave :

— C'est assez, Sulpice... Vous devez être fatigué.

Et il restait là, sans rien dire, tout troublé de se trouver dans cette solitude, dans cette ombre et dans ce silence, devant sa belle marraine, admirant son riche et pur corsage, ses cheveux d'or crespelés où la lumière de la lampe piquait des milliers d'étincelles, ses mains pâles qui frémissaient continuellement sur la pelote criblée d'épingles ; et il sentait battre son cœur à gros flocons dans sa poitrine, et il baissait les yeux quand elle levait les siens.

Car il la désirait de toute l'ardeur de ses dix-huit ans, ce Sulpice qui avait lu tant de romans en cachette, quand il était au séminaire, et qui, dans la mansarde où il couchait, chez son patron, venait de passer deux nuits à dévorer le redoutable livre de Stendhal, *le Rouge et le Noir*. Il osait songer à cela, lui, l'enfant élevé par charité, lui, le fils d'un domestique ! il avait formé ce souhait impossible, fait ce rêve monstrueux ! et il vivait constamment avec cette pensée entre les deux sourcils, avec cette obsession qui lui faisait écrire par mégarde le nom de Blanche au milieu d'un acte, sur le papier timbré de l'étude ; et c'était un affreux désir sans tendresse qui s'irritait et s'exaltait chaque jour davantage dans les sens et dans l'imagination de Sulpice, et il avait des heures de rage où il pensait à sa marraine comme à un crime.

* *
*

Un soir de printemps où, comme d'habitude, le baron dormait profondément

dans son vaste fauteuil à oreilles et où mademoiselle de Saint-Avé avait ordonné à Sulpice de cesser sa lecture, le jeune homme, qui n'avait jamais autant souffert de son désir, ne baissa pas les paupières quand Blanche, oubliant un instant de remuer ses petits fuseaux, leva soudain les yeux sur lui. Mais elle, à son tour, ne baissa pas les yeux et Sulpice devint pâle comme un spectre en sentant les regards de Blanche se fixer ardemment sur les siens.

Ce fut pour lui une émotion à en mourir. En un éclair, il devina ce que l'ennui du célibat et de la province avait fait de ravages chez cette femme si fière, et il comprit que, s'il avait l'audace d'un Julien Sorel, elle était à lui.

Brusquement, il se leva, s'avança vers elle et, avant que Blanche eût pu dire : « Sulpice, que faites-vous?... » il la saisit dans une étreinte furieuse et, à deux pas de son père endormi, il lui ferma la bouche par un baiser !

Ce furent de honteuses, d'horribles amours que ceux de Sulpice et de mademoiselle de Saint-Avé. Il venait la nuit, marchant comme un voleur du côté de l'ombre, quand il y avait de la lune, se jetant dans l'angle obscur des portes cochères lorsqu'il entendait sonner le pas de quelque attardé ; et il redoublait de précautions en approchant du vieux logis.

Il avait une clé, toujours soigneusement huilée, et il pénétrait dans les ténèbres, tâtant d'une main le mur et portant ses souliers de l'autre ; car c'était une antique maison aux boiseries sèches, qui craquaient à la moindre secousse. Il montait très lentement l'escalier, se faisant aussi léger qu'il pouvait, retenant son souffle, s'arrêtant à chaque marche ; mais, dès les premières, l'oreille tendue au silence, il entendait bien, là-haut, sur le palier, une autre respiration qu'on voulait étouffer aussi, mais à qui l'émotion trop forte arrachait pourtant, de trois secondes en trois secondes, un sourd, un profond soupir. Puis une main rencontrait la sienne, l'entraînait tout doucement, tout doucement, et puis... Et puis, c'était une heure de volupté dans l'angoisse, de baisers glacés par la terreur, de caresses interrompues par le moindre bruit, par le toc-toc d'une « horloge de la mort » sous la tenture, par la chute d'une goutte

d'eau tombant du robinet de la fontaine
dans le cabinet voisin. Et ces misérables
amants étaient pris d'épouvante en sentant les battements fous de leurs deux
cœurs, quand ils se tenaient embrassés, et,
par un châtiment singulier, ils ne pouvaient pas se faire illusion sur leur igno-
minie en se disant, même à voix très basse,
de menteuses paroles d'amour !

Car ils ne s'aimaient pas ; ils n'avaient
cédé qu'à leurs sens ; et ils continuaient,
par lâcheté, par honte de s'avouer si vils,
chacun d'eux supposant une passion sin-
cère chez son complice. Et lorsqu'ils
étaient séparés, lorsqu'ils songeaient, lui,
qu'il déshonorait son bienfaiteur, elle,
qu'elle souillait la maison paternelle, ils
étaient pris d'une horreur d'eux-mêmes
qui leur navrait le cœur.

— Si nous étions surpris ! lui mur-
mura-t-elle un jour dans l'oreille, tout
en frissonnant.

— J'y ai bien pensé, lui répondit-il
de même, et, soyez tranquille, j'ai un
moyen de tout sauver... Mais si cela
arrive, ce sera terrible !...

Et, avec insistance, il lui recommanda
d'accoutumer les gens de la maison à voir
un couteau sur sa table de nuit, en prenant l'habitude, par exemple, de couper
les pages de son livre du soir avec un
poignard persan qui traînait dans le salon.
Elle crut que son amant voulait qu'ils se
tuassent tous les deux, en cas de surprise,
et, pleine de dégoût de la vie, elle obéit et
feignit d'oublier l'arme dans sa chambre.

*   *
*

Ce qui devait arriver, arriva.

Une nuit, en pénétrant dans la chambre
de sa maîtresse, Sulpice fit un faux pas
et tomba, en entraînant une chaise dans
sa chute, avec un grand fracas.

— Nous sommes perdus, dit Blanche
d'une voix étranglée.

En effet, la maison s'emplissait déjà
d'une rumeur.

Mademoiselle de Saint-Avé fit rouler
sur la tringle le rideau de la fenêtre ; le
clair de lune inonda la chambre et elle vit
Sulpice saisir le poignard persan.

— Nous nous tuons, n'est-ce pas ?
cria-t-elle presque avec joie, comme déli-
vrée.

— Non, répondit-il à haute voix, il faut
que je meure seul.

Mais, en ce moment, elle entendit son
père, déjà sorti de sa chambre, elle logeait
au-dessus de lui, qui appelait dans l'escalier.

— Loïc, Loïc... A moi !... J'entends
une voix d'homme chez ma fille... A moi,
Loïc, et prends ton fusil... Il y a un
malheur ou une infamie dans ma maison.

Alors, Sulpice saisit Blanche par le bras
et, lui parlant dans le visage :

— Je suis un grand coupable, mais du
moins je puis encore sauver votre honneur
et celui de votre père. Quand le baron
entrera ici, je serai mort... Dites que j'étais
venu pour vous faire violence... et que
vous m'avez tué, en vous défendant.

Et Sulpice, se plongeant le couteau
dans le cœur, tomba lourdement à la
renverse.

Il était temps. Le vieux baron ouvrait
la porte et il parut sur le seuil, en longue
robe de chambre, ses cheveux blancs
ébouriffés, un flambeau d'une main, un
pistolet de l'autre, avec un air de justi-
cier, terrible.

Loïc était derrière lui.

Mais, en voyant Sulpice étendu mort
sur le tapis, un couteau dans la poitrine,
le baron recula d'un pas, stupéfait, sans
comprendre.

Blanche, qui était tombée à demi morte
au pied son lit, se souvint alors des
dernières paroles de Sulpice, et, au regard
interrogateur de son père, elle répondit,
en lui montrant le cadavre, d'une voix
brisée :

— Oui... il avait pénétré jusqu'ici...
pour m'outrager... Je me suis défendue...
Voilà !

Le vieux gentilhomme poussa un cri
de joie ; tout tremblant, il déposa sur un
meuble son arme et son flambeau, courut
à Blanche et la serra sur sa poitrine, où
elle se cacha le visage avec horreur.

— Vous êtes une vraie Saint-Avé, lui
dit-il... Merci, ma fille !

En ce moment éclata dans la chambre
un sanglot si douloureux que Blanche
releva la tête, et elle vit alors le père Loïc,
à genoux près du cadavre de son fils, qui
tendait vers elle des mains suppliantes
et qui lui dit, quand elle le regarda :

— Pardon, mademoiselle !

L'honneur était sauf.

Loïc Huelgoat mourut de chagrin, quinze jours après, et le baron ne tarda pas à le suivre, mais après avoir assisté au triomphe de sa fille qui passa, pour la forme, devant les assises et dont l'acquittement fut salué par des hurrahs d'enthousiasme.

Mademoiselle de Saint-Avé est restée vieille fille, et l'on montre encore aux étrangers la maison de la rue des Orfèvres.

— C'est là que demeure, leur dit-on aujourd'hui, la fameuse mademoiselle de Saint-Avé, qui a été, dans son temps, la plus belle personne de la ville et qui a tué d'un coup de couteau le fils d'un domestique de son père qui voulait la prendre de force... Elle souffre d'une maladie de cœur depuis l'événement... ce qui se comprend bien, la pauvre demoiselle ! On dit qu'elle ne passera pas l'hiver... C'est dommage, n'est-ce-pas?... Une maîtresse femme !

LA GRIFFE

DE LION

Le lieutenant de vaisseau Julien de Rhé était revenu dans un triste état de sa station en Cochinchine ; et lorsque après trois longs mois de maladie dans la maison familiale, en Touraine, il entra en convalescence et put faire les cent pas sur la terrasse au bord de la Loire, entre sa mère et sa sœur, — avec quel amour elles l'avaient soigné, les chères femmes ! — le jeune homme éprouvait souvent encore, au souffle déjà froid de l'automne, des frissons assez inquiétants.

— Allez passer le gros de l'hiver à Pau, conseilla le médecin... Climat doux, pas trop chaud, calmant et sédatif par excellence... C'est ce qui vous convient... et vous reviendrez dans trois mois chez madame votre mère, tout à fait grand garçon.

C'est pourquoi, vers la mi-novembre, accoudé à sa fenêtre ensoleillée de l'hôtel Gardères, Julien de Rhé contemplait le sublime panorama des Pyrénées et fumait les délicieuses cigarettes du convalescent, si âpres au goût renouvelé, qui lui rappelaient celles qu'il avait jadis grillées en cachette, dans l'entrepont du *Borda*, et qui lui rendaient les sensations de la seizième année.

— Tiens, tiens, tiens !... ce Pau... mais c'est plein de jolies femmes, remarqua le jeune homme, la première fois qu'il alla écouter la musique militaire sur la place Royale et flâner au soleil devant la statue, en style troubadour, du bon roi Henry.

Et, bien qu'il ne fût ni un libertin, ni un fat, le marin, repris d'un bel appétit de la vie, mit sa casquette d'uniforme nº 1 et sa redingote aux trois galons d'or neufs, où brillait cette rosette de la Légion d'honneur que sa mère lui avait posée sur son lit, quand il était si malade, et qu'il avait bien cru ne porter qu'une fois, sur le drap noir de son cercueil.

Comme il avait bien fait de venir à Pau, tout de même ! C'était exquis, ce doux soleil qui chauffe sans brûler, ce bel azur, ce vaste paysage, ce lointain amphithéâtre de collines, et, tout là-bas, ces cimes de neige dans le ciel ! C'était amusant comme tout de circuler dans la foule cosmopolite, parmi les belles étrangères, et d'entendre leurs voix parler toutes les langues de l'Europe et se confondre comme les divers chants des oiseaux dans une volière. Sans doute, il y avait bien quelques rencontres affligeantes, comme celle de ce jeune Anglais, phtisique au dernier degré, qu'un domestique poussait dans une petite voiture, enseveli sous les plaids et sous les cache-nez, avec des yeux de poisson cuit et un respiratoire de taffetas noir sur la bouche. Ah ! cela donnait froid dans les os ; mais, après le premier mouvement de pitié, l'homme est si égoïste ! Julien songeait que, lui aussi, faisait peur à voir, quand il avait débarqué à Toulon, maigre comme un squelette, deux ronds de chocolat sous les yeux ; et qu'il était bien guéri, maintenant, et qu'il revenait de loin.

Et, respirant l'air tiède à pleins poumons, frémissant de bien-être, la caresse du soleil dans le dos, en toilette soignée, rasé de frais, fier de sa rosette neuve, Julien de Rhé se sentait heureux d'être au monde, donnait des pièces blanches aux mendiants, attardait son regard sur celui des jolies femmes croisées au passage, et s'arrêtait tout attendri devant les robustes petites filles américaines, bas et gants noirs et robes blanches envolées, qui dansaient en rond autour d'un arbre de la place Royale, au rythme du pas redoublé joué par la musique du régiment.

**

Quelles bonnes dispositions pour devenir amoureux, n'est-ce pas ? Aussi l'heureux convalescent reçut-il le coup de foudre, le jour où il vit mademoiselle Olga Babarine, la plus belle fille de la colonie russe, descendre de cheval devant l'hôtel Gassion, où elle demeurait avec sa mère.

Il était cinq heures environ et elle revenait de la chasse au renard. Les cinq ou six adorateurs en habits rouges qui l'accompagnaient avaient bien vite mis pied à terre et s'étaient bousculés à qui lui tiendrait l'étrier. Elle s'était laissé glisser dans les bras du premier arrivé, et tout de suite, frappant du pommeau de sa cra-

vache sur une table de la véranda, elle avait demandé une tasse de lait, l'avait bue d'une seule lampée, et tout debout, son svelte corps de déesse du Primatice moulé par l'amazone noire, ses folles torsades de cheveux couleur de cuivre s'échappant du chapeau d'homme et répandues sur ses épaules, elle riait, tenant à deux mains sa tasse vide, satisfaite et comme grisée par la boisson fraîche, avec deux moustaches de crème aux coins de la bouche ; et le soleil couchant, dans sa chevelure, allumait autour de son visage une sorte de halo d'or.

Puis, soudain redevenue sérieuse, elle posa la tasse sur la table, fit un léger salut du front, plein de dédain, au groupe d'habits rouges, et rentra dans l'hôtel d'un pas impérial, en fouettant sa jupe avec sa cravache.

Trois jours après, Julien de Rhé, qui avait passé son temps à dire à ses connaissances : « Qui est-ce ? J'en suis fou, je l'adore, etc. », était présenté, ce qui n'était pas très difficile, chez ces dames Babarine, et faisait partie du peloton d'amoureux de la belle Russe.

Était-elle Russe, après tout, cette cupiteuse créature, qui, depuis le commencement de la saison, galopait toute la journée et valsait toute la nuit ? Oui, par son père putatif, par le premier mari de sa mère, le comte de Babarine. Mais tout le monde savait fort bien que la mère avait précisément divorcé au moment de la naissance de sa fille et que madame Babarine, qui d'ailleurs avait pour père un banquier de New-York, nommé Jacobson, avait entretenu de tout temps une liaison presque publique avec un prince royal du Nord, un Christian ou un Oscar quelconque, liaison dont Olga était probablement née. Avait-elle une nationalité, cette enfant qui avait été élevée à bâtons rompus dans une *nursery* d'Écosse, dans un couvent de Naples, dans un pensionnat mômier de Genève, qui avait dormi le tiers de ses nuits sur les coussins des express, et qui ne voyait passer dans ses souvenirs, comme dans un stéréoscope, que les villes d'eaux, bains de mer, stations hivernales et autres lieux de rendezvous élégants, où sa mère, une belle personne encore, malgré la couperose, promenait depuis quinze ans son ennui de coquette sur le retour, son samowar et ses ouistitis ? Hélas ! elle n'avait pas de patrie, l'étrange fille, qui, à côté de pudeurs de vierge, avait des hardiesses de garçon et qui disait, en se moquant d'elle-même :

— Moi, je ne suis ni de Londres, ni de Paris, ni de Vienne, ni de Saint-Pétersbourg... Je suis de table d'hôte.

Avait-elle une famille ? Pas davantage. Son véritable père, l'Oscar ou le Christian auquel madame Babarine ne cessait de faire allusion, était mort depuis plusieurs années, et quant au comte russe, son père selon la loi, il ne s'occupait jamais d'elle. Ruiné de fond en comble, il n'avait d'autre moyen d'existence que son coup de fusil infaillible et il vivait en gagnant tous les prix des tirs aux pigeons, comme une sorte de Bas-de-Cuir civilisé. Quant à la comtesse, malgré de périodiques attendrissements maternels qui donnaient sur les nerfs de tout le monde tant ils sonnaient faux, elle était douée d'un de ces égoïsmes parfaits, absolus, sphériques, qu'on ne trouve jamais en défaut, et, pendant une fièvre typhoïde dont Olga avait failli mourir à huit ans, madame Babarine n'aurait pas oublié une seule fois, tout en veillant sa petite fille, par respect humain, de mettre ses gants gras pour la nuit, qui lui conservaient les mains si blanches.

Julien de Rhé apprit toutes ces choses lorsqu'il se fut enrôlé dans l'escadron volant de mademoiselle Olga Babarine, et il se mit à aimer éperdument la singulière et troublante fille, qui se laissait regarder dans les yeux, et qui, le jour où un ami commun lui présenta le lieutenant de vaisseau, lui dit en allumant une cigarette de phéresli :

— Ah ! c'est vous qui êtes si amoureux de moi ?... Bonjour, monsieur.

Puis elle lui donna une solide poignée de main, comme un homme.

Il se mit à l'aimer, l'honnête et brave marin, à l'aimer d'autant plus qu'il ne tarda pas à la comprendre et à la plaindre. Car il ne s'y trompa pas ; Olga était fantasque, mal élevée, mais sans coquetterie, et son âme était fière et franche. Qui sait ? Peut-être sentait-elle toute la vanité de sa vie d'agitations et de plaisirs ? Le certain, c'est qu'elle jugeait, et sévèrement, ces jeunes gens qui caracolaient auprès d'elle à la chasse au renard et qui se faisaient inscrire chaque soir sur son carnet de bal. Tous la désiraient, aucun ne l'estimait, car nul d'entre eux ne s'était encore

décidé à la demander en mariage. Aussi les traitait-elle durement, et les rappelait-elle au respect, d'un rude coup de caveçon, la belle écuyère, s'ils s'avisaient de lui parler de trop près dans le cou, pendant le tourbillon d'une valse, ou de presser trop longtemps la main qu'elle leur tendait en camarade.

Julien, à qui la délicatesse de son cœur donnait de la pénétration d'esprit, — allez, ce sont souvent les naïfs qui voient le plus juste, — découvrit le secret trésor de loyauté qu'il y avait dans cette fille de race, au fond si malheureuse. Sans doute, il l'aimait pour sa beauté, et la tête lui tournait, quand, dans une halte de danse, il la sentait s'appuyer sur son bras, dans sa splendeur de rousse aux yeux noirs, au teint de rose après l'orage, lui parlant avec abandon et l'enivrant de ses yeux d'étoile et de son haleine de violette. Mais il l'aimait aussi, il l'aimait surtout pour ses peines si orgueilleusement cachées ; et il avait un cruel serrement de cœur en surprenant le regard sombre, le regard douloureux d'Olga sur sa mère, quand madame Babarine, à son thé de quatre à six, assise à contre-jour pour dissimuler ses points noirs aux ailes du nez, vainement combattus par l'antibolbos, évoquait, à mots aussi peu couverts que possible, ses royales conquêtes dans les cours du Nord.

L'épouser ! Oui, l'enlever de ce milieu plein de périls, l'emporter chez sa mère, à lui, qui était une sainte femme, lui faire respirer la fortifiante et pure atmosphère d'une vraie famille, la sauver en un mot ! Il y songeait, il ne songeait plus qu'à cela ! Il croyait même parfois qu'Olga avait deviné son désir, et, lorsque à ces « quatre à six » de madame Babarine, où Olga traitait tous ses adorateurs avec sa franchise garçonnière, elle présentait au marin le verre de thé à la russe, il voyait au fond des yeux de la jeune fille comme une douce et lointaine lumière, qui semblait répondre à sa pitié généreuse et à sa tendresse infinie.

*
* *

— Oui, mademoiselle, mon congé de convalescence expire dans huit jours. Je quitterai Pau demain, j'irai passer quelques jours en Touraine auprès de ma sœur, puis de là, je repartirai pour Brest, comme aide de camp du préfet maritime, et dans un an, dix-huit mois, je reprendrai la mer.

Ils étaient seuls dans un coin du salon de lecture de l'hôtel, debout près d'une fenêtre ouverte, devant le ciel de la nuit, où palpitaient des milliers d'étoiles.

— Adieu donc et bon voyage, répondit Olga de sa voix franche et ferme. Mais j'ai quelque chose à vous demander, monsieur de Rhé... Oui, cette griffe de lion montée sur un petit cercle d'or, que vous portez en breloque... Eh bien, j'en ai envie... Cela vient d'un lion que vous avez tué dans une chasse, autrefois, en Afrique, n'est-ce pas?... Je suis une espèce de fauve, moi... Ce bibelot-là me convient... Donnez-le-moi ; je le garderai en souvenir de vous.

Julien détacha la petite breloque et la mit dans la main de la jeune fille ; mais, soudain il prit cette main entre les siennes et tout bas, ardemment :

— Je vous aime ! lui dit-il. Voulez-vous devenir ma femme ?

Olga dégagea doucement sa main, en gardant la griffe de lion ; puis, croisant ses bras sur sa poitrine, elle regarda pendant un long moment M. de Rhé bien en face, sans émotion apparente.

— Non, dit-elle enfin, non !... Et pourtant vous êtes le premier qui m'aimez et qui me le dites de cette façon-là. Mais c'est pour cela que je refuse...

— Olga ! s'écria Julien d'une voix altérée.

— Écoutez-moi, reprit-elle en l'interrompant d'un geste, et comprenez bien pourquoi je vous dis non... C'est que je ne me sens pas digne de vous et que je vous rendrais malheureux... Vous savez bien, cette lettre de votre sœur que vous vous plaigniez d'avoir perdue... Eh bien, c'est ici que vous l'avez laissée tomber, et je l'ai ramassée, et je l'ai lue... Votre sœur répondait à la confidence que vous lui aviez faite de vos sentiments pour moi... sentiments que j'ai devinés depuis longtemps... Elle s'en réjouissait en simple et vertueuse enfant qu'elle est, mais dans des termes qui m'ont fait comprendre quelle profonde, quelle effrayante différence existe entre une véritable jeune fille et moi !... En lisant cette lettre, pleine de détails intimes et touchants, j'ai vu aussi ce qu'était votre famille, vieille maison d'honnêtes gens, où vous ne devez faire entrer qu'une honnête femme... Bénissez Dieu, monsieur de Rhé, d'avoir une mère en cheveux gris à qui vous ne pouvez penser sans sentir quelque chose de délicieusement doux qui se fond dans votre cœur... Moi aussi, j'ai une mère, moi aussi !... mais j'ai été forcée de la juger... Vous n'avez vu que ses ridicules, monsieur, mais je la connais mieux... Si vous lui demandiez ma main, elle vous la refuserait, parce que vous êtes de petite noblesse et que votre fortune est médiocre... Ma mère a décidé que je ne ferais qu'un grand mariage, ou sinon... sinon, elle me trouvera autre chose... Hein? j'ai de l'expérience, pour une fille de dix-neuf ans !... C'est horrible, n'est-ce pas? Mais c'est ainsi. Voilà pourquoi nous étions l'hiver dernier à Nice, l'été dernier à Scheweningue, et pourquoi nous sommes maintenant à Pau ! Voilà pourquoi nous roulons comme des colis d'un bout à l'autre de l'Europe, pourquoi nous ne couchons que dans les lits d'auberge et ne mangeons qu'à la table d'hôte. Ma mère a été presque princesse royale, vous comprenez, et elle m'a fait entendre dès l'âge de quinze ans que j'étais destinée à être au moins archiduchesse, fût-ce de la main gauche... Un mariage avec un petit gentilhomme, presque bourgeois !... A ses yeux, je dérogerais. Ah ! je dois vous inspirer le dégoût, et je me fais honte à moi-même ! Ne protestez pas... Non, vous ne voudriez pas amener devant votre mère, comme votre fiancée, comme votre femme, celle à qui l'on a mis tant de boue dans le cœur... Et puis, je ne suis qu'un objet de luxe, coûteux et inutile, dont vous n'avez pas besoin, qui ne vous donnerait pas de bonheur... D'ailleurs, je ne vous aime point, je n'aime personne... L'amour, c'est dans les choses qu'on m'a défendues. Adieu, monsieur de Rhé, levez-vous et allez-vous-en sans me dire un mot, je vous en conjure... Seulement, vous me laissez votre griffe de lion, n'est-ce pas? Elle me rappellera un honnête garçon envers qui j'ai agi en honnête fille... Ne me dites plus rien et quittons-nous pour toujours... Adieu.

*
* *

Trois ans après, le transport à vapeur le *Du Couëdic*, revenant du Sénégal, venait de faire escale aux Canaries, pour prendre le courrier, et continuait son chemin, par

VOULEZ-VOUS DEVENIR MA FEMME ?

une nuit de gros temps, lorsque le vague-
mestre entra dans le carré des officiers et
déposa sur la table un paquet de journaux.

Julien de Rhé déploya une feuille d'in-
formations, venant de Paris et vieille de
près de trois semaines, et il y lut, sous la
rubrique : *Déplacements et villégiatures*, les
lignes suivantes :

« S. M. le roi de Souabe, qui voyage,
comme on le sait, dans le plus strict incognito, sous le nom de comte d'Augsbourg,
est depuis hier soir dans nos murs.

« Un fâcheux incident s'est produit à la
gare, au moment de l'arrivée du roi. La
baronne de Hall qui, seulement accompagnée de sa mère, la comtesse Babarine,
avait fait le voyage avec Sa Majesté, a

perdu un bijou de peu de valeur, mais
auquel madame de Hall attache, paraît-il,
le plus grand prix. C'est une simple griffe
de lion, montée sur un petit cercle d'or.

» Madame de Hall a promis deux mille
francs de récompense à la personne qui lui
rapporterait cet objet. »

— Julien, prenez garde... Vous allez
oublier l'heure de votre quart, mon cher
ami.

— Merci, dit Julien de Rhé en jetant le
journal et comme sortant d'un rêve.

Cette nuit-là, le timonier, qui était seul
sur la passerelle avec l'officier de quart,
vit celui-ci porter son mouchoir à son
visage à plusieurs reprises, et pourtant,
quoiqu'il y eût beaucoup de vent et de
houle, l'embrun n'arrivait pas jusque-là.

LA SŒUR DE LAIT

Assise dans son bureau vitré, au fond du magasin, la belle madame Bayard, en robe noire, en bandeaux bien sages, écrivait posément sur un énorme registre à coins de cuivre, lorsque son mari, revenant de ses courses matinales, s'arrêta sur le seuil pour gourmander ses hommes de peine qui n'en finissaient pas de décharger un haquet du chemin de fer du Nord, arrêté le long du trottoir, et apportant au gros droguiste de la rue Vieille-du-Temple une douzaine de fûts de glucose.

— J'ai une mauvaise nouvelle à t'apprendre, dit madame Bayard en essuyant sa plume dans un petit godet de grenaille de plomb, quand son mari fut entré dans la cage de verre. Cette pauvre Voisin est morte.

— La nourrice de Léon !... Ah ! la pauvre femme !... Et sa petite fille ?

— C'est ce qu'il y a de plus triste, mon ami... Une parenté de cette pauvre Voisin m'écrit qu'ils sont trop pauvres pour se charger de l'enfant et qu'on sera forcé de l'envoyer à l'hospice... Oh ! ces paysans !

Le droguiste resta un moment silencieux, en grattant sa forte barbe de gros homme blond ; puis, tout à coup, regardant sa femme avec de bons yeux :

— Dis donc, Mimi... C'est la sœur de lait de Léon... Si nous nous en chargions ?...

— J'y pensais, répondit simplement la belle commerçante.

— A la bonne heure, s'écria le gros Bayard qui, se souciant peu d'être vu par ses commis et ses garçons de magasin, se pencha vers sa femme et la baisa sur le front, à la bonne heure ! Tu es une brave femme, Mimi ; nous prendrons la petite Norine chez nous et on l'élèvera avec Léon... Ça ne nous ruinera pas, va... Et puis je viens de faire un bon coup dans les quinquinas... Nous irons dimanche chercher l'enfant à Argenteuil, n'est-ce pas? Ce sera un but de promenade.

*
* *

Des braves gens, ces Bayard ! L'honneur de la droguerie ! Leur mariage avait fondu deux maisons longtemps rivales ; car Bayard était le « fils » du *Pilon d'Argent*, fondé par son trisaïeul en 1756 dans la rue Vieille-du-Temple et avait épousé la « demoiselle » de l'*Offrande à Esculape*, de la rue des Lombards, établissement qui datait du premier Empire, ainsi que l'indiquait son enseigne, copie du célèbre tableau de Guérin. Des braves-gens ! des très braves gens ! et il y en a encore beaucoup comme ceux-là, quoi qu'on en dise, dans le vieux commerce parisien, conservateurs des anciennes traditions, rendant le pain bénit à leur paroisse, allant en seconde loge, le dimanche, à l'Opéra-Comique, et ignorant les secrets de la vente à faux poids. C'était le curé des Blancs-Manteaux qui avait ménagé ce mariage avec son confrère de Saint-Merry. Le premier avait administré le père Bayard à son lit de mort et s'effrayait de voir un jeune homme de vingt-cinq ans, tout seul, dans une maison aussi lourde que le *Pilon d'Argent*, la plus fameuse pour les ipécacuanhas ; et le second tenait beaucoup à établir mademoiselle Simonin, à qui il avait fait faire sa première communion et qui avait pour père un de ses plus importants paroissiens, le vieux Simonin, de l'*Offrande à Esculape*, une célébrité dans les camphres. Les négociations réussirent ; les camphres et les ipécas, deux spécialités excellentes, furent unis par les saints nœuds du mariage ; il y eut dîner et bal au Grand Véfour ; et depuis dix ans déjà, travaillant tranquillement tous les jours, hiver comme été, dans sa cage de verre, Madame Bayard, avec sa pâleur de belle brune et ses honnêtes bandeaux plats, faisait rêver d'amour tous les jeunes commis du quartier Sainte-Croix-de-la-Bretonnerie.

Cependant il y avait eu longtemps un chagrin dans ce bon ménage, un nuage dans ce ciel pur : un héritier s'était fait attendre, et ce ne fut qu'au bout de cinq ans que le petit Léon vint au monde. On devine avec quelle joie il fut accueilli.

Ainsi on pourrait écrire un jour, au-dessous du *Pilon d'Argent*, ces mots prestigieux : « Bayard et fils ». Seulement, comme l'enfant arrivait au moment du coup de feu des colles de poisson, madame Bayard, dont la présence au magasin était indispensable, ne put pas songer à nourrir ; elle renonça même à prendre une nourrice sur lieu, craignant pour le nouveau-né l'air peu salubre de ce coin du vieux Paris, et elle se contenta de faire tous les dimanches avec son mari le petit voyage d'Argenteuil, pour aller voir son fils chez sa « nounou », la mère Voisin, qui fut accablée, comme on pense, de café, sucre, savon et autres douceurs. Au bout de dix-huit mois, la mère Voisin rendit le bébé dans un état magnifique, et, depuis deux ans, une bonne d'enfant, choisie avec soin, menait l'enfant prendre l'air dans le square de la Tour Saint-Jacques et faisait admirer à ses compagnes les bonnes joues à grosses couleurs et le derrière à fossettes du futur droguiste.

Donc, ces honnêtes Bayard, en apprenant la mort de la mère Voisin, ne supportèrent pas l'idée que la petite fille, qui avait été nourrie du même lait que leur fils, fût abandonnée à la charité publique et ils allèrent chercher Norine à Argenteuil.

Pauvre petite ! depuis quinze jours que sa mère reposait au cimetière, elle avait été recueillie par un cousin tenant un cabaret à billard, et, bien qu'elle n'eût pas encore cinq ans, on l'utilisait déjà à rincer les bocks.

Monsieur et madame Bayard la trouvèrent charmante, avec ses grands yeux couleur de ciel en été et ses grosses mèches blondes qui s'échappaient de son méchant bonnet de deuil. Léon, qu'on avait amené avec sa bonne, embrassa sa sœur de lait, et le cousin qui, le matin même, avait donné une paire de soufflets à l'orpheline, coupable de négligence à balayer la salle, s'attendrit devant les Parisiens, comme si le départ de Norine lui eût déchiré le cœur.

La commande d'un copieux déjeuner lui rendit sa sérénité.

C'était un beau dimanche de juin, on était à la campagne, et il fallait en profiter, déclara M. Bayard, pour prendre un peu l'air, pas vrai, Mimi? Et tandis que la belle madame Bayard, ayant relevé sa jupe avec des épingles, s'en allait, en compagnie de la bonne et des enfants, cueillir un bouquet de fleurs des champs dans une prairie voisine, le droguiste qui n'était pas fier, offrait un vermouth au cousin cabaretier et s'attablait auprès du billard, couvert de cadavres de mouches.

On déjeuna sous une tonnelle chauve, que l'ardent soleil de midi criblait de rayons. Mais, bah ! on s'était mis à son aise et on était bien tout de même. Madame Bayard avait attaché son chapeau par les brides au treillage, et son mari, coiffé d'un casque en paille de canotier prêté par le cabaretier, découpa gaiement le canard. Le petit Léon et la petite Norine, qui tout de suite avaient été comme une paire d'amis, vidèrent le saladier de fromage à la crème ; puis on batifola dans l'herbe, puis on fit une partie de canot, et, tout grisé de grand air et de campagne, ce ménage de commerçants, qui vivait ordinairement dans une rue de Paris où il y a de l'humidité en pleine canicule, poussa jusqu'au bout cette idylle à la Paul de Kock.

Oui, il y eut un moment, comme on revenait en bateau, devant un délicieux couchant, aux petits nuages saumonés sur fond vert, où madame Bayard, la sérieuse madame Bayard, dont le regard médusait les garçons droguistes, chanta l'air connu « Vers les rives de la France », rythmé par le bruit des rames que maniait son mari en bras de chemise. On dîna sous la tonnelle où l'on avait déjeuné ; mais ce second repas fut plus triste ; les phalènes nocturnes, qui venaient se brûler aux bougies, faisaient peur aux enfants, et madame Bayard, ivre de fatigue, ne parvenait même pas à deviner le naïf rébus de son assiette à dessert.

N'importe ! Ce fut une bonne journée, et au retour, dans le wagon de première classe, ah ! l'on ne s'était rien refusé, madame Bayard, la tête sur l'épaule de son mari et regardant Léon et Norine écroulés de sommeil sur les genoux de la bonne endormie elle-même, disait d'une voix heureuse :

— Vois-tu, Ferdinand, nous faisons une bonne action en recueillant cette pauvre petite... Et puis, ce sera une camarade pour Léon... Ils seront comme frère et sœur.

***

En effet, ils grandirent ainsi.

C'étaient décidément de très bonnes gens que ces Bayard. Ils ne firent aucune différence entre l'humble orpheline et leur fils bien-aimé, qui devait un jour, sous la raison sociale « Bayard et fils », monopoliser les rhubarbes et accaparer le castoréum ; et ils se mirent à l'aimer comme si elle eût été vraiment leur fille, cette petite Norine, qui était aussi intelligente que gentille, aussi fine d'esprit que mignonne de corps.

La bonne conduisait maintenant deux enfants au square de la Tour Saint-Jacques quand il faisait beau, et le soir, à la table de famille, il y avait deux chaises hautes à côté l'une de l'autre pour le frère et la sœur de lait.

D'ailleurs, monsieur et madame Bayard ne tardèrent pas à s'apercevoir que Norine avait la meilleure influence sur Léon. Plus vive, plus nerveuse, plus facilement éducable que ce garçon lymphatique, un peu « empoté », d'après le mot du père, elle semblait lui communiquer quelque chose de sa légèreté et de sa flamme.

— Elle le secoue, disait madame Bayard.

Et, depuis qu'il vivait en commun avec sa sœur de lait, Léon s'animait et se dégourdissait à vue d'œil.

Quand ils furent en âge d'apprendre à lire, Léon qui n'en finissait plus et s'attardait sur un de ces alphabets à images où la lettre E est à côté d'un éléphant et la lettre Z à côté d'un zouave, désespérait sa mère ; mais, dès que Norine, qui sut épeler et syllaber en très peu de temps, vint en aide au petit bonhomme, il fit tout de suite de très grands progrès.

Les choses se passèrent de même, quand on les envoya tous deux à l'école pour les jeunes enfants tenue par une vieille demoiselle Merlin, dans la rue de l'Homme-Armé. Selon la fallacieuse réclame que mademoiselle Merlin envoyait aux commerçants du quartier, il y avait « un jardin », c'est-à-dire quatre manches à balai dans une cour sablée, et c'est là que le premier jour, à l'heure de la récréation, l'innocent Léon éclata en cris de terreur quand il vit la maîtresse, forcée par quelque accident d'interrompre son tricot, enfoncer une de ses grandes aiguilles dans ses appas capitonnés. Une « grande », qui était au piquet avec le bonnet d'âne, eut beau donner à Léon et à Norine l'explication de ce phénomène, le gros garçon n'en conserva pas moins, en présence de mademoiselle Merlin, une impression de superstitieuse terreur.

Elle eût paralysé ses facultés enfantines et l'eût empêché, en classe, de suivre la baguette de mademoiselle Merlin, nasillant son boniment devant la carte d'Eu-

s'installer près d'elle dans le bureau vitré, et Norine, ouvrant un cahier ou un livre, expliquer à Léon le devoir mal compris ou lui faire répéter la leçon mal sue.

— Le bon Dieu nous récompense, disait parfois madame Bayard à son mari, le soir, sur l'oreiller. Cette petite Norine est un trésor... Et si raisonnable ! et si laborieuse !... Tiens, aujourd'hui, je l'écoutais encore travailler avec Léon... Je crois que, sans elle, il n'aurait jamais fait sa multiplication.

— Sois tranquille, Mimi, répondait Bayard, j'en prends note... Nos affaires vont à merveille, et nous la doterons et

NORINE EXPLIQUAIT A LÉON LE DEVOIR MAL COMPRIS.

rope ou le tableau des Poids et Mesures, si Norine n'avait pas été là pour le rassurer et l'encourager. Elle fut tout de suite la meilleure élève de l'école, et devint pour le paresseux et tardif Léon une sorte de fraternelle conseillère et d'affectueuse sous-maîtresse. Vers quatre heures, madame Bayard voyait les deux enfants, que la bonne avait ramenés au magasin,

nous la marierons, n'est-ce pas? quand l'âge viendra.

**

L'âge vint, il vient toujours si vite, l'âge ! et voici qu'à présent, dans la cage vitrée du magasin, il y a une belle et svelte jeune fille blonde assise à côté de madame Bayard qui a déjà quelques fils d'argent dans ses bandeaux noirs. C'est Norine maintenant qui écrit sur le gros registre à coins de cuivre, tandis que sa mère adoptive tire l'aiguille sur quelque broderie.

Sept heures. Ces messieurs devraient être revenus, et il va falloir fermer le magasin où le vent de novembre tord et travaille la flamme des becs de gaz.

Enfin, les voilà ! Bayard porte maintenant un gros ventre à breloques, et Léon, reçu depuis un mois pharmacien de première classe, est devenu, ma foi, un très beau garçon.

— Bonjour, Mimi, bonjour Norine... Montons vite dîner. Je vous ferai part de la grande nouvelle en mangeant le potage, dit le droguiste.

On monte à la salle à manger et, pendant que madame Bayard, assise sous le baromètre en forme de lyre, sert la soupe grasse, le père Bayard, tout en fourrant sa serviette dans son gilet, regarde sa femme d'un air malin et dit :

— Tu sais, Mimi... ça y est !

— Les Forget consentent ?

— Parfaitement... et Léon épousera Hortense dans six mois... et notre bru viendra habiter avec nous... Oui, Norine, tu n'en savais encore rien, parce qu'on ne parle pas de ces choses-là devant les demoiselles ; mais voilà plus d'un an que Léon est amoureux d'Hortense Forget et qu'il nous tourmente pour la lui donner... Parbleu, ce n'était pas malin, et il n'y avait qu'un mot à dire... Léon est un assez beau parti... La seule difficulté, c'est que nous tenions à garder notre fils chez nous... Enfin tout est arrangé, et ton frère de lait aura la femme qu'il veut... J'espère que tu es contente.

— Très contente ! répond Norine.

Oh ! les sourds ! Oh ! les aveugles ! Ils n'ont pas entendu la voix de Norine, quand elle leur a répondu, cette voix sombre, douloureuse, qui est l'écho d'un cœur brisé ! Ils n'ont pas vu que Norine a pâli et que sa tête, soudain trop lourde, a roulé de droite à gauche, comme si Norine allait s'évanouir. Ils n'ont rien deviné, rien compris, et voilà longtemps qu'ils ne devinent et ne comprennent rien. Ils l'aiment tous bien pourtant, cette Norine, qui est la grâce et le charme de la maison ; ils songent même, les bonnes gens, à la marier un de ces jours à leur premier commis, un veuf qui a des écono-

mies et « tout ce qu'il faut pour rendre une femme heureuse » ; Léon l'aime aussi, et de tout son cœur, mais comme une sœur douce et bonne, et il ne se doute pas, ce gros garçon gâté, que la pauvre Norine est amoureuse de lui et qu'elle souffre à en mourir. Non, même ce soir où ils viennent de lui infliger inconsciemment la pire des tortures, ils ne soupçonneront pas la vérité, et ils s'endormiront tous paisiblement en caressant de beaux rêves d'avenir, à l'heure où, s'enfermant dans sa chambre, — sa chambre qu'une cloison si mince sépare de celle de ses parents d'adoption, — Norine tombera sur son lit, pâmée de douleur, et mordra son oreiller pour étouffer ses sanglots !

*
* *

Le bal est fini, et dans les salons qui se vident, les bougies brûlées jusqu'au bout ont fait éclater quelques bobèches dont les débris jonchent le parquet ciré.

Les Bayard ont tenu à ce que la noce eût lieu chez eux ; mais à force de fleurs, — on est en plein été, — ils ont donné un air de fête à l'appartement de la rue Vieille - du - Temple, où ils installaient triomphalement leur belle-fille.

Enfin, c'est fini, les jeunes mariés se sont retirés dans la chambre nuptiale où madame Bayard est entrée un instant avec eux ; en sortant, elle a encore trouvé Norine dans le petit salon, aidant les domestiques à éteindre les lumières ; elle a embrassé tendrement la jeune fille en lui disant :

— Va te coucher, mon enfant... Tu dois être fatiguée.

Elle a ajouté avec un sourire :

— Hein ? ce sera bientôt ton tour.

Et Norine est enfin restée seule dans cette pièce à présent sombre et seulement éclairée par son bougeoir, posé sur le piano.

Mon Dieu ! comme ces fleurs sentent fort et comme elle a mal à la tête !

L'horrible journée ! et quel supplice elle a enduré depuis le moment où elle s'agenouillait, empressée comme une femme de chambre, avec des épingles dans les lèvres, aux pieds de cette Hortense, de sa rivale, et qu'elle lui arrangeait sa traîne de satin blanc, jusqu'à tout à l'heure, quand Léon, tenant sa femme par la taille, l'a attirée vers lui, elle, Norine, et que les deux jeunes époux ont presque confondu leur baiser sur son front !

Ah ! l'odeur de ces fleurs est insupportable et elle se sent tout étourdie.

Elle se laisse tomber dans un fauteuil, brisée par une atroce migraine, étreignant son front dans ses deux mains, elle ne ferme pas les yeux pourtant, et regarde toujours cette porte, la porte de la chambre où sont enfermés les jeunes mariés, et derrière laquelle s'accomplit un mystère qui lui navre le cœur ! Et voilà qu'elle est prise d'une sorte de délire, oh ! que le parfum de ces fleurs lui fait mal ! et que mille souvenirs l'assaillent à la fois. Elle se revoit toute petite, dans le cabaret d'Argenteuil ; et ces Parisiens si bien mis arrivent et la caressent, et elle est embrassée par ce beau petit garçon, qui a une plume blanche sur son chapeau... Puis, des tableaux rapides traversent sa pensée. C'est la pension de la rue de l'Homme-Armé, et mademoiselle Merlin, son épingle à tricot dans la poitrine, montrant du bout de sa baguette le tableau des Poids et Mesures ; c'est le magasin de drogueries tout noir, le dimanche, lorsque les volets étaient fermés et qu'elle jouait à cache-cache avec Léon derrière les sacs et les tonneaux...

Ah ! mon Dieu ! est-ce qu'elle perd la tête ? Voilà qu'elle ne peut plus s'empêcher de fredonner cet air de valse, pendant laquelle Léon l'a tenue tout à l'heure dans ses bras... Mais elle étouffe... oh ! ces fleurs !... Il faut qu'elle s'en aille, qu'elle ouvre la fenêtre au moins... Mais elle ne peut plus se lever, elle n'en a pas la force... Est-ce qu'elle va mourir ainsi ? Ses deux tempes sont serrées comme par deux doigts de fer... Oh ! ces roses ! ces fleurs d'oranger ! ces fleurs d'oranger surtout !... Enfin elle fait un grand effort, elle se lève droite et pâle, si pâle dans sa robe blanche... Mais tout à coup elle défaille, et tombant d'abord sur les genoux, puis heurtant le parquet de la tête et de l'épaule, la pauvre Norine s'étend sur le sol à la porte de la chambre nuptiale, tuée par le chagrin d'amour et par les fleurs.

L'ENFANT BIBELOT

Lorsque le monde de la haute finance apprit que la jolie madame Tichler était « dans une position intéressante », le premier mouvement fut de la surprise.

D'abord on n'aurait pas cru capable d'une telle prouesse ce gros sac d'écus de Tichler, qui avait épousé une toute jeune femme, à cinquante ans passés. Au fait, pourquoi s'était-il marié, puisqu'il venait précisément de faire bâtir, rue Prony, un petit hôtel pour sa protégée, Louise Chavalier, de son vrai nom Elisa Navet, la splendide commère de la Revue de fin d'année dont le titre suave : *As-tu fini, bouffi?* rayonnait alors sur toutes les colonnes Morris? Mais Tichler était un malin et savait ce qu'il faisait en devenant le gendre d'un des agents de change les plus honorablement connus sur la place de Paris, d'un agent de change presque pauvre, qui ne donnait que deux cent mille francs de dot à sa fille. Oui, Tichler faisait une excellente affaire en mêlant un peu d'argent bien acquis à ses millions mal famés ; et, maintenant qu'il voyait s'asseoir à ses dîners, présidés par sa jeune femme, des notaires honoraires et des régents de la Banque, il riait dans ses favoris gris et laissait s'épanouir son ventre plein de truffes, en se rappelant l'époque où, fripier juif récemment arrivé de Francfort, il criait : « Chand d'habits! » dans les ruelles montueuses du Pays-Latin, ayant sur son épaule deux ou trois pantalons et une vieille trompe à la Dampierre.

Sans doute, elle lui coûtait cher, très cher, la jolie femme de luxe qu'il avait prise, et la note du couturier ou de l'orfèvre lui faisait faire quelquefois la grimace ; mais il se souvenait tout de suite d'une bonne opération que ses nouvelles relations lui avaient permis de lancer, avec un superbe conseil d'administration plein d'anciens préfets et de noms suivis de ce signe : O ✳ ; et, songeant à sa liquidation de fin de mois, qui s'annonçait fructueuse, il disait, en riant de son gros rire pâteux : « C'est tout bénéfice. »

Aussi n'y eut-il rien d'équivoque dans son bonheur quand sa femme lui annonça qu'il allait être père, et la grossesse une fois déclarée, il reçut très correctement, avec la nuance de fierté qui sied dans cette circonstance à un quinquagénaire, les félicitations des jeunes coulissiers à cols de loutre qui vinrent le saluer du titre d'heureux gaillard, sous le péristyle de la Bourse.

N'importe ! La personne de cette charmante folle de madame Tichler s'accordait mal avec l'idée de maternité. Comment ? Elle allait avoir un bébé, cette fine Parisienne aux yeux bleus et au teint citron, qui avait inventé, pour ses toilettes de dîner, un décolletage si provocant, en as de pique ; elle allait être mère, cette reine des cotillons qui, dans une vente de charité, avait vendu vingt-cinq louis au plus folâtre des financiers le droit de poser les lèvres sur la peau brune de son bras rond, tout en haut du long gant de Suède ! La vieille madame Bader, la plus mauvaise langue du faubourg Saint-Honoré, qui, le jour de la signature du contrat de madame Tichler, avait dit ce mot mémorable : « Cette femme-là sera horrible à cinquante ans ! » la vieille madame Bader déclarait à qui voulait l'entendre qu'une pareille « toquée », pour ne pas dire plus, était incapable de remplir ses devoirs de mère de famille.

*
* *

Eh bien, pas du tout. Cette fée Carabosse se trompa dans sa prédiction ou, du moins, eut tout d'abord l'air de se tromper. Madame Tichler accoucha, d'un gros garçon, s'il vous plaît, et la naissance d'un Dauphin de France, ayant le cordon bleu sur son berceau, n'aurait pas été mieux accueillie que celle du petit Gustave. Sans doute, lorsque « le prince de la science », après avoir fait laver et emmailloter le nouveau-né par les matrones, le présenta à l'accouchée, chauve, sans dents, aveugle, la peau rouge et ridée comme une pomme de conserve, la jeune femme s'écria d'abord : « Dieu ! qu'il est laid ! » Mais l'instinct maternel reprit bien vite le dessus, et ce fut sans aucune répugnance que la malade, d'une

pâleur si intéressante sur l'oreiller, embrassa cet être de cinq minutes, qui avait pour le moment la figure d'un vieux membre de l'Académie des Inscriptions et Belles-Lettres.

Quant au père, il fut parfait dans cette affaire, témoigna la tendresse la plus convenable, et, Dieu me pardonne, arriva en retard d'un quart d'heure au pilier de la Bourse, où il avait ce jour-là un rendez-vous important avec le coulissier Sedelmayer, le beau Sémite à la barbe frisée, qui ressemble à s'y méprendre au roi Assur-Banipal, tel qu'on peut le voir, au Louvre, dans les monuments du Musée Assyrien.

— La nourrice... Où est la nourrice ? s'écria l'accouchée, dès que le jeune académicien poussa ses premiers vagissements.

La nourrice était là, choisie d'avance par le « prince de la science ». C'était une Picarde aux hanches énormes, à la gorge monstrueuse, au teint d'abricot crotté, avec un bonnet de servante d'hôpital et une robe de cotonnade à fleurs, qui faisait horreur à voir.

— Vous êtes affreuse, ma chère... Mais on vous arrangera.

On y songea tout de suite. Justement la femme de chambre, qui avait « fait » les plages bretonnes avec madame, se souvenait du costume des femmes de Concarneau.

— Madame se rappelle... Le gilet et la veste bleue sans manches, un peu comme les zouaves, avec un galon jaune qui dessine les épaules.

— Vous avez raison, Fanny... Et puis le bonnet est superbe.

*
* *

Quinze jours après, c'était une admirable fin d'avril où les marronniers des jardins publics avaient leurs grappes blanches et roses, la nourrice du fils de madame Tichler faisait sensation au parc Monceau. Avec la coiffe des sardinières, — un peintre, ami de la maison, avait fait un petit croquis, — la Picarde ressemblait à une frégate de quatre-vingts canons, marchant vent arrière et ayant mis tous ses focs et toutes ses bonnettes. La belle madame Cerf, qui venait d'avoir une petite fille, essaya de lutter et habilla sa nourrice en Frisonne, avec un casque d'or. Mais toutes les mamans tombèrent d'ac-

LA NOURRICE DU FILS FAISAIT SENSATION.

cord pour trouver que le costume breton avait bien plus de « genre ». Ce fut un « four » pour madame Cerf.

Cependant le bébé, enfoui sous les dentelles, perdait chaque jour un peu de sa physionomie d'archiviste-paléographe, vieilli à déchiffrer les cartulaires du douzième siècle. Il commençait à saisir dans sa petite main de singe, avec une singulière énergie, le gros doigt rugueux de sa nourrice ; sa bouche ébauchait le sourire si bonhomme des tout petits, et ses yeux grands ouverts maintenant, étaient de ce bleu adorable qui nous prouve bien que les enfants viennent du ciel.

Pour le coup, sa mère se mit presque à l'aimer. Après tout, elle n'avait jamais eu de plus belle poupée, quand elle était petite, et c'était bien plus gentil que les bébés à tête d'émail à qui l'on presse le ventre pour leur faire dire : Papa, maman. On redoubla de coquetterie et il n'y eut jamais de nourrisson mieux paré. Le baptême eut lieu, — tous ces juifs sont convertis, ou à peu près, — et ce fut une mitraille de dragées. Sedelmayer, le parrain, était bien un peu embarrassé pour le *Credo*, mais la cérémonie se passa dans une église élégante, Saint-Augustin ou la Trinité, et le prêtre, bon Parisien sceptique, arrangea les choses en disant tout d'une haleine :

— Voulez-vous être chrétien? Dites : Je le veux. Renoncez-vous aux pompes de Satan? Dites : J'y renonce. Récitez avec moi le *Credo*. *Credo in unam Deum*, bla, bla, bla, bla, bla, *et vitam æternam*. Amen.

Madame Tichler avait, ce jour-là, un charmant chapeau et tout se passa à merveille.

En vérité, la vieille madame Bader, que tous ces messieurs détestent pour son habitude de tricher au whist, était une bien méchante femme. Elle avait calomnié madame Tichler. Cette pauvre petite femme! Elle adore son bébé, n'est-ce pas, ma chère?

Oui, elle l'aimait, mais comme un bibelot, rien de plus, comme un bibelot, pas davantage. Car vous n'en doutez pas, une personne aussi élégante, aussi « moderne », mon Dieu, comme on abuse de ce mot-là ! une personne qui était si bien « dans le mouvement » était folle de bric-à-brac. C'est la manie du jour, qui n'a aucun rapport avec le sentiment de l'art, mais qui permet à la plupart des gens riches de faire croire à leurs amis et de se persuader à eux-mêmes qu'ils ont le goût du rare et du délicat, et de remplir ainsi le vide effroyable de leur esprit et de leur cœur.

Vous devinez donc que les bibelots encombraient boudoirs et salons chez madame Tichler ; c'était même fort gênant, et, quand on venait à son « jour », il fallait surveiller ses moindres mouvements, dans la crainte de casser un verre de Murano ou un vieux Rouen à la corne, sans compter que les sièges, tous « d'époque » par exemple, étaient incommodes comme des instruments de torture. Le japonisme sévissait aussi dans la maison ; madame Tichler avait même initié quelque peu son mari aux bronzes et aux « cloisonnés », et l'on pouvait parfois rencontrer l'ancien « chand d'habits » à l'hôtel Drouot, disputant à des rivaux, au feu des enchères, un lot d'albums ou de gardes de sabre.

***

Donc le petit Gustave devint un bibelot, le plus beau bibelot de la collection de la jolie madame Tichler. Dès qu'il sut marcher, sa mère donna un libre cours à son génie de costumière, et son bébé fut mis comme un danseur de ballets. Sur ses chapeaux, les oiseaux des îles déployèrent leurs ailes diaprées ; sur les boucles de ses souliers, les cailloux du Rhin étincelèrent ; il eut des collerettes en dentelles de prix, des robes en velours mordoré et en satin vieil or, et à dix-huit mois, il porta des gants. Seulement, comme il avait de fort beaux mollets et qu'il fallait qu'on les admirât, il allait jambes nues, quelque temps qu'il fît, et il gelait comme l'enfant d'un misérable.

Ce n'était qu'une clameur d'éloges. Comme on s'était trompé sur le compte de cette charmante madame Tichler ! Il n'y avait pas de meilleure mère ; son enfant était superbe... C'est qu'il grandit, vous savez... L'avez-vous vu, chère madame, au bal d'enfants, chez les Pereira? Était-il amusant avec sa loupe à deux branches et sa canne en spirale?

Car il était maintenant de toutes les fêtes, l'enfant-bibelot. Songez donc, les bals costumés ! Quelles occasions de toilettes ! On l'avait déjà admiré en mignon Henri III, en abbé Louis XV, en magyar, en paysan des Abruzzes. C'était un magnifique petit garçon, il n'y avait pas à dire, avec son fouillis de cheveux bruns et ses yeux profonds comme un lac. Aussi, il devenait célèbre, on disait : « Beau comme le fils de madame Tichler », et, quand il eut cinq ans, sa mère n'y tint plus : elle fit faire son portrait.

Vous vous rappelez le succès. C'était au premier Salon après la guerre, et l'illustre peintre Petrus Bertran n'a peut-être pas signé une plus belle toile. Dès le jour du vernissage, tout le monde avait baptisé le tableau : l'Enfant Blanc. En effet, l'artiste avait exécuté avec ses brosses et sa palette le même tour de force que Théophile Gautier avec sa plume, quand il écrivit les strophes exquises de la Symphonie en blanc majeur. Debout sur une peau d'ours polaire et placé devant une draperie de soie blanche, l'enfant, en souliers blancs, en blouse de velours blanc et coiffé d'un grand feutre blanc orné d'une plume de cygne, tenait d'une main une branche de lis et s'appuyait de l'autre sur un grand lévrier de Syrie, blanc comme lui.

Le public cria au chef-d'œuvre, par hasard il ne se trompait pas, devant cette orgie de blancheurs, et Petrus Bertran fut décoré.

La jolie madame Tichler, ivre de joie et d'orgueil, ne quittait plus le palais des Champs-Élysées, traînant toujours avec elle le petit Gustave, habillé, bien entendu, comme dans son portrait.

Elle allait, fière, au milieu d'un murmure :

— Regardez donc... c'est lui... le voilà, c'est l'enfant blanc !

Et elle rencontrait des connaissances :

— Ah ! ma chère amie, quel succès !... On s'étouffe devant le tableau... c'est une merveille

Et toutes embrassaient le petit modèle qui, piétinant depuis deux heures, avait l'estomac dans les talons et bâillait de fatigue.

*
* *

A partir de ce moment, l'enfant-bibelot dont la gloire était à son apogée, accompagna partout sa mère dans le tourbillon de plaisirs qui l'emportait ; il fit partie du Tout-Paris. Les jours de courses, aveuglé de poussière, soûlé de grand air et ahuri de tapage, il se desséchait d'ennui sur la banquette du landau, et aux premières représentations, sa figure pâlotte et ensommeillée se détachait sur le velours rouge de l'avant-scène. Il était fameux maintenant dans tous les rendez-vous élégants, à Nice, dans les villes d'eaux, dans les bains de mer à la mode ; et quand les aubergistes de Luchon le voyaient passer, vêtu en guide pyrénéen et monté sur un âne de louage, ou quand les hôteliers de Trouville l'apercevaient dans un coquet uniforme de marin, regardant une partie de lawn-tennis, ils se frottaient les mains en disant :

— Voici le petit Gustave Tichler... La saison sera bonne.

Cependant les années s'écoulaient, les irréparables années ! Le petit Gustave ayant grandi tout à coup, l'éternel carnaval dans lequel il avait vécu jusqu'alors touchait à sa fin, et il fallut pourtant songer à transformer l'élégant « chienlit » en garçonnet habillé à peu près comme les autres. Madame Tichler, elle se fanait un peu depuis quelque temps, la jolie madame Tichler, trouva bien un expédient pour faire encore du « chic » avec la toilette de son fils ; elle adopta pour lui la veste et le pantalon noirs, le large col blanc rabattu et le chapeau tuyau de poêle, que l'on peut voir portés, le dimanche, dans le quartier de l'Arc-de-Triomphe, par des boys joufflus qui se rendent à quelque divin service, célébré dans une maison bourgeoise sur la porte de laquelle une plaque de cuivre porte ces mots gravés : « Le culte est au troisième ».

Mais décidément, cette vieille vipère de madame Bader, — à propos, elle doit avoir un âge effrayant ; on dit qu'elle a eu des bontés pour Casimir Périer ! — mais cette langue maudite avait raison, quand elle prétendait que l'amour maternel de madame Tichler n'était pas solide. Une fois déguisé en boy, l'enfant-bibelot a singulièrement ressemblé à un jeune homme, et les bonnes amies n'ont pas manqué d'en faire l'observation.

— Ah ! ma chère, quel grand garçon vous avez là !... Comme cela nous vieillit !

Si bien qu'on a fourré Gustave au collège et qu'en octobre dernier, comme le temps passe ! il a commencé sa seconde.

C'est maintenant un grand « potache » d'une quinzaine d'années au moins. Abruti par l'internat, il est un détestable élève, qui se cache dans les coins pour fumer des cordons de soulier et qui est constamment privé de sortie. Mais sa mère ne se plaint pas trop de ce détail ; elle aime autant ne pas montrer ce collégien en pantalon trop court. Lorsque, par hasard, il n'est pas en retenue, le dimanche, et qu'il arrive à la maison, il n'a pas de chance, ses parents dînent en ville. On lui met son couvert au bout de la grande table, dans l'immense salle à manger. Puis il attend, au milieu du salon vide, mal éclairé d'une seule lampe, que le valet de chambre vienne le prendre pour le reconduire au lycée, et, voyant luire vaguement dans l'ombre la grande toile de *l'Enfant Blanc* qui lui rappelle le temps où sa mère paraissait l'aimer, il pleure, ce grand garçon à qui il pousse déjà des moustaches !

Pauvre enfant-bibelot, qui a cessé de plaire !

LA BROSSE

AUX MIETTES

C'est la brosse aux miettes qui a fait tout le mal.

Vous savez bien... La brosse de crin blanc, à dos et à manche d'ivoire, en forme de faucille ou de sabre turc, avec laquelle, à la fin des dîners bourgeois, avant le dessert, la bonne, et quelquefois la « dame » ou la « demoiselle » de la maison, balaie les miettes de pain restées sur la nappe, auprès de chaque convive, en faisant le tour de la table.

Eh bien, c'est elle qui m'a perdu.

Je ne songeais nullement à me marier. A vingt-huit ans, n'est-ce pas? j'avais bien le temps d'y penser. Mon chef de bureau, un excellent homme qui imitait ma signature sur la feuille de présence, quand j'étais en retard, me l'avait dit bien des fois :

— A votre place, je ne me marierais pas... Ce n'est pas parce que je suis séparé de ma femme depuis dix ans et que j'ai déjà eu trois procès en désaveu de paternité que je vous dis ça... mais, à votre place, je ne me marierais pas.

Et puis, j'avais déjà lu dans La Rochefoucauld cette pensée dont je ne comprends qu'aujourd'hui toute la profondeur et que j'admirais déjà, d'instinct :

« Il est de bons mariages ; il n'en est pas de délicieux. »

D'ailleurs, j'étais parfaitement heureux et j'avais arrangé à merveille ma petite existence de célibataire.

J'étais à cette époque, comme je le suis encore à présent, employé dans une administration publique. Deux mille sept et la gratification, c'est très joli, à vingt-huit ans ! le bureau auquel j'étais attaché (bureau des Morgues et Amphithéâtres) et le « détail » dont j'étais chargé, celui de la répartition des sujets dans les salles de dissection, n'étaient pas folâtres, si vous voulez, et j'avais toute la journée devant les yeux six cartons verts sur le dos desquels j'avais écrit en belle ronde, avec un roseau : *Emploi des Cadavres*. Mais je connaissais à fond ma spécialité, j'expédiais ma besogne par dessous la jambe, en une heure ou deux, et je tuais le reste de la séance sur les rébus du *Monde illustré*. J'étais devenu très fort ; j'envoyais la solution et j'avais la petite gloriole de lire mon nom dans le journal, entre « le Cercle militaire de Sarreguemines » et « les habitués du café de l'Europe, à Pithiviers ».

D'ailleurs le temps passé au ministère, c'était le sacrifice fait au pain quotidien.

Ma véritable vie commençait à quatre heures, quand, après m'être lavé les mains et avoir accroché à la patère mon vieil alpaga de bureau, je m'en allais, d'un pas rythmé par le bruit de ma canne, vers mon lointain quartier, en prenant le boulevard des Invalides et le boulevard Montparnasse.

*　*　*

Les soirs d'été surtout, c'était charmant. Le soleil oblique, le soleil de « l'heure de l'effet », comme disent les peintres, dorait les vieux arbres, ceux qu'on a coupés pendant cet horrible siège et remplacés par des bêtes de platane, ayant au pied un rond de fonte, qui a l'air d'un décrottoir. Les arbres d'alors étaient de bons vieux ormes, de bons vieux tilleuls, de bons vieux marronniers, lentement poussés en pleine terre depuis Louis XIV, datant de l'ancienne France, où l'on était patient, où l'on aimait le solide, où l'on mettait le temps qu'il fallait pour planter un arbre ou une institution. Il faisait bon marcher sous leurs branches robustes, sous leur feuillage épais que le soleil tombant criblait de chaudes étincelles.

Devant la gare de l'Ouest, halte ! Le garçon m'avait réservé ma table, près de la fenêtre, à l'entresol du petit restaurant, et je dînais lentement, m'amusant à regarder, dans les jets de foule vomis par les trains de Versailles, les deux artilleurs, tout pareils, une flamme rouge au shako, alourdis par leurs pantalons de basane et soutenant de la main le fourreau de leur sabre, les couples d'amoureux, très las, rapportant de grosses bottes de fleurs des champs, et le vieux botaniste à barbe grise d'ægipan, en guêtres poussiéreuses et en chapeau de paille, avec sa boîte verte qui lui bat dans le dos. A la nuit, j'allais prendre ma demi-tasse, au frais, devant un café ; puis, les trois quarts du temps, je rentrais chez moi.

Qui peut bien l'habiter maintenant, ma chambre haute de la rue d'Assas ? Quelque philistin peut-être, qui aura déshonoré les murailles en y clouant des portraits d'hommes politiques en *chromo*. De mon temps, c'était une chambre de pauvre, parbleu ! mais meublée à ma guise ; la chambre d'un sédentaire, d'un « intimiste », qui gardait le souvenir d'une rêverie dans chaque fleur de son papier. J'avais là ma flûte, ma pipe, un bon tapis, un grand fauteuil à dossier renversé, bien commode pour songer et pour lire au coin du feu ; sur une planche, les livres que je sais par cœur, les sceptiques sans férocité, Montaigne et La Fontaine, et, pour les heures d'attendrissement, le cher Dickens ; et à droite et à gauche de la glace, mes belles épreuves du « Coucher de la Mariée » et des « Hasards heureux de l'Escarpolette ».

L'été, les réveils étaient exquis ; je fourbançais dans la chambre, en manches de chemise, fumant ma première pipe dont la fumée s'envolait dans un blond rayon de soleil, et par la fenêtre grande ouverte, je voyais les masses de verdure du Luxembourg, les dômes du Panthéon et du Val-de-Grâce, du ciel, beaucoup de ciel ; et les souples hirondelles passaient et repassaient continuellement, tout près de moi, en me jetant leur petit *cuik*, qui avait l'air de me dire bonjour. Mais mes soirées étaient encore plus suaves, les soirées d'étoiles, quand, après avoir lu deux ou trois bonnes pages et joué un peu de Mozart sur ma flûte, je m'accoudais devant les splendeurs du Zodiaque, écoutant les lambeaux des valses de Bullier que le vent de la nuit m'apportait par bouffées.

Oui, d'accord, ça manquait de femmes ? Il n'y avait guère de jupons dans ma vie, c'est vrai, et j'en avais assez des petites modistes qu'on attend à la sortie du magasin, qu'on ramène en écoutant leurs histoires coupées de « pour sûr ! » et de « ah ! bien, vrai ! » et qui reboutonnent leurs bottines avec une épingle à cheveux. Mais c'est cela justement que j'eus l'imprudence de confier à un collègue (j'aurais dû me méfier de ce gaillard-là, un homme pratique, qui avait appris la cordonnerie comme art d'agrément, par esprit d'économie, et qui se fabriquait lui-même ses souliers au bureau, dans ses moments perdus).

Il me dit tout de suite :

— J'ai votre affaire... Trente mille francs et des espérances... La mère a les lèvres violettes ; elle mourra du cœur...

Je n'étais pas décidé, je me récriais... Bah ! au bout de quinze jours, j'étais déjà compromis ; j'avais accepté une invitation à dîner dans la famille de la jeune personne.

*
* *

La brosse aux miettes de pain a fait le reste.

C'était au moment du dessert. Le repas avait été très gentil, très cordial. Bien qu'elle portât la photographie de son mari montée en broche, la maman avait l'air d'une excellente femme, et quoique un peu solennel et ayant parlé, dès le potage, de la conduite que la France devait tenir envers la Russie, le père ne me déplaisait pas, avec sa calotte grecque et sa tête de modèle à barbe blanche, qui pose les « Moïse » et les « Père éternel ». J'avais très bien, trop bien dîné. Le rôti était évidemment fait au bois et il y avait un très joli bourgogne, qui sentait la violette. Je m'épanouissais au dessert, le dessert d'hiver chez les petits bourgeois : un gâteau, des macarons, des pommes ridées, des oranges et des marrons chauds sous une serviette. Ce fut alors que la demoiselle, sur un geste de sa mère, prit une corbeille et la brosse en forme de yatagan pour

faire, auprès de chaque couvert, la récolte des miettes de pain.

Vous n'êtes pas de marbre, n'est-ce pas ? Ni moi non plus ; et quand cette grande brune, aux joues de pomme d'api, se pencha près de moi pour brosser la nappe, effleurant mon épaule de la rondeur de son corsage et m'enivrant du fin parfum de ses bandeaux pommadés, je me dis (c'est aussi la faute au vin de Bourgogne), je me dis en moi-même : « Je ferai la demande ! »

Eh bien, je l'ai faite ; il y a dix ans que je l'ai faite ; et elle a été bien accueillie ; et je suis le plus malheureux des hommes.

D'abord, une fois marié et père de famille, il a fallu devenir un employé sérieux. Adieu, les rébus du *Monde illustré*. Maintenant, je me plonge jusqu'au cou dans mes répugnantes paperasses ; je creuse la question des Morgues, je « pioche » les Amphithéâtres. Cela m'écœure, cela me dégoûte ; mais j'ai déjà trois enfants et je ne suis encore que sous-chef à cinq mille francs. Pour me poser aux yeux de mes supérieurs comme un homme très fort, un spécialiste, j'ai publié quelques opuscules dont les titres seuls me font horreur : *Les Morgues, ce qu'elles ont été, ce qu'elles sont, ce qu'elles devraient être* ; 1 vol. in-18. Ou bien : *Du danger des inhumations précipitées* ; 1 broch. in-8, et je prépare en ce moment un volumineux rapport sur *Les cimetières suburbains et le transport des corps par les voies ferrées, tant au point de vue de la décence qu'à celui de l'hygiène publique*. Moi, un ancien flûtiste ! Moi, qui ai jadis rimé des sonnets.

Ma pauvre flûte, j'y songe, ma belle flûte de grenadille ! Il y a longtemps qu'elle n'est plus sortie de son étui, non plus que ma bonne pipe d'écume, au fourneau étreint par une patte d'aigle. La musique et la rêverie, c'est bon pour les poètes et les célibataires !

Elles sont loin aussi, les douces flâneries après la séance au bureau. Maintenant, je prends bien vite le tramway pour rentrer dans l'affreux quartier où ma femme a voulu demeurer, pour être plus près de ses parents. J'habite là un désolant entresol, très bas de plafond, d'où je puis voir, quand je fais ma barbe, le matin, devant la fenêtre, un chantier de

JE ME DIS EN MOI-MÊME : « JE FERAI LA DEMANDE ! »

démolition, et plus loin, le profil d'une maison à six étages, tout peinturluré d'un gigantesque diable vert, qui secoue hors d'une corne d'abondance le gilet, le pantalon et la veste d'un complet à dix-sept francs.

Mon Dieu ! je n'ai pas à me plaindre de ma femme ; c'est une très bonne créature, sauf qu'elle aime ses enfants, non comme une mère, mais comme une poule, et qu'elle les gâte horriblement. Seulement je ne m'habituerai jamais à son désordre (est-il supportable pour un homme nerveux, je vous le demande, de trouver, comme cela m'arrive tous les jours, des souliers d'enfants tout mouillés sur les chenets de la cheminée et un lange qui sèche sur le garde-feu?) et je ne comprendrai jamais non plus pourquoi elle s'obstine à garder cette bonne qui a une tache de vin sur la figure et dont l'aspect me coupe l'appétit.

Ma belle-mère aussi serait supportable. Cette malheureuse ilote, absolument terrorisée par les gros sourcils noirs et la barbe blanche de son vieux fleuve d'époux, ne lui parle que de cette façon qui concilie le respect et la tendresse :

— Monsieur Dubu, passe-moi le moutardier... Monsieur Dubu, veux-tu encore un peu de potage?

Mais c'est lui, Dubu, lui, mon beau-père, qui a empoisonné mon existence. C'est un odieux bourgeois, un tyran domestique. Médiocre et prétentieux, il abuse de sa physionomie austère et vénérable pour donner à toutes ses paroles l'autorité amère d'une leçon, et m'inflige ses théories imbéciles sur le progrès, l'art utilitaire, les bienfaits de l'instruction, toutes les rengaines des journaux. Sa tête de patriarche, qui ressemble à un buste de savon, m'irrite à un tel point, par son expression d'insupportable sottise, que lorsque mon beau-père me parle des empiétements du cléricalisme, j'ai envie de m'enrôler dans un pèlerinage de Lourdes, et que, s'il préconise les légitimes conquêtes de la bourgeoisie, qu'il ne manque pas d'appeler l'aristocratie du travail, je me sens disposé à revêtir une ceinture rouge et un képi à dix galons et à me mettre à la tête d'une bande de pétroleurs. Très serré et très dur en affaires, il réclame la solution des questions sociales, déclare la charité dégradante pour le peuple, et refuse deux sous à un pau-

vre, sous prétexte que les mendiants se font des infirmités artificielles et qu'il a été abordé un soir par une déguenillée qui s'était fabriqué un faux bébé avec un paquet de chiffons.

Comme j'ai eu l'imprudence, en me mettant en ménage, de m'abandonner à ce terrible homme, qui prétendait se procurer toutes choses à meilleur compte et de meilleure qualité que je n'aurais su le faire, j'habite dans l'infamie du velours rouge et de l'acajou, et la pendule de mon salon, ô mon gentil coucou de la Forêt-Noire, qui sonnait si gaiement les heures de liberté dans ma chambre de la rue d'Assas ! la pendule de mon salon est un hideux bloc de marbre couleur de fromage d'Italie. Il y a longtemps que mes galantes et aimables gravures d'après Baudouin et Fragonard ont été reléguées comme indécentes dans un corridor noir ; et de funèbres images d'après Delaroche, don de mon beau-père, Jane Gray devant le billot fatal, auprès du bourreau qui pleure, et lord Strafford passant sa main à travers les barreaux de sa prison, attristent, dans des cadres tapageurs, les murs de mon appartement.

L'an dernier, à la fête de ma femme, j'ai dû m'emporter contre M. Dubu, qui menaçait d'orner mon logis d'une épouvantable scène de l'Inquisition, avec tribunal de moines, bourreaux à cagoules et patient tout nu qui se tord sur les charbons ardents. Mes nuits ne sont pas déjà si bonnes ; quand j'ai mangé à dîner quelque aliment réfractaire, Jane Gray et lord Strafford me poursuivent dans mes cauchemars et je rêve que je suis forcé de trancher la tête de ma femme ou que je m'agenouille devant un soupirail par lequel mon beau-père me tend sa main à baiser.

Le misérable s'est d'ailleurs vengé cruellement de mon refus en suspendant dans la chambre de sa fille, dans notre chambre nuptiale, le grandissement de sa propre photographie, à lui Dubu, revêtu de ses insignes de franc-maçon.

*
* *

Voilà ma vie ! Tout cela, parce que le sang m'a monté à la tête, au moment où

Adélaïde, ma femme s'appelle Adélaïde, a enlevé les miettes de pain restées sur la nappe ; et, comme pour raviver sans cesse mes regrets, tous les dimanches soirs, après le dîner chez les beaux-parents, quand on a servi le dessert et quand je songe, vaguement fasciné par la barbe de modèle de mon beau-père, à l'ennui du retour dans la nuit pluvieuse, aux enfants trop lourds à porter, aux interminables attentes dans les bureaux d'omnibus, ma femme fait comme jadis la toilette de la table et, croyant me rappeler un tendre souvenir, me montre en souriant la brosse aux miettes dont la forme courbe me fait tristement songer au dernier croissant de notre lune de miel, depuis si longtemps disparu.

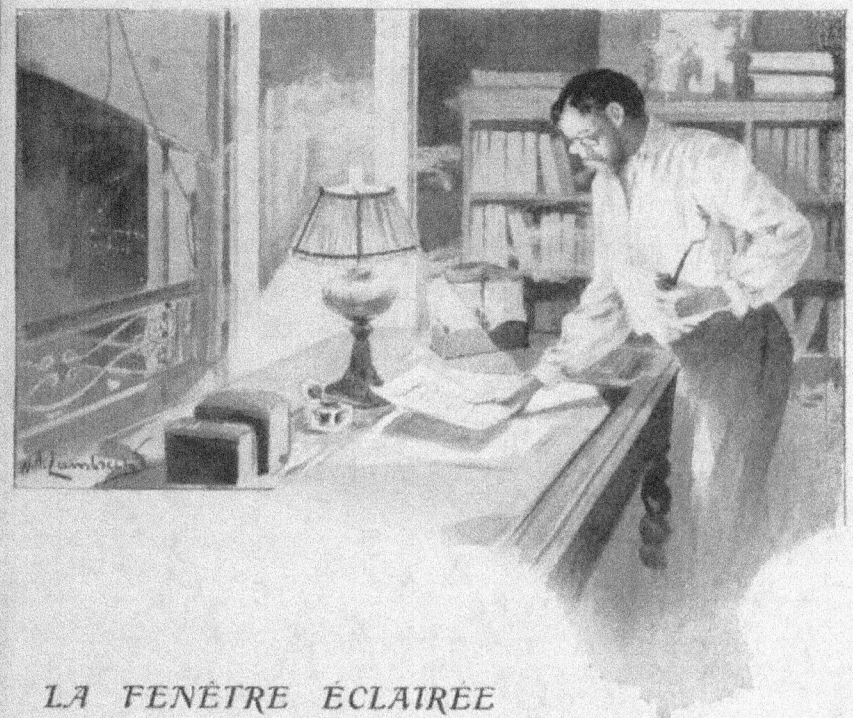

LA FENÊTRE ÉCLAIRÉE

C'est une nuit de canicule, orageuse et noire, sans lune et sans étoiles. Sur le large boulevard, planté d'arbustes malingres, vont à pas lourds quelques passants attardés, et la double rangée de becs de gaz, qui flambent dans l'air étouffant, s'enfonce à perte de vue vers les solitudes de la banlieue.

Chassé de sa chambre par l'écrasante chaleur, par la fatigue, par la menaçante vibration des moustiques de la fin d'août autour de sa lampe, Ludovic s'est levé de son fauteuil de travail, a jeté un regard navré sur la page de prose qu'il n'a pu finir, page écrite sans plaisir et sans verve, criblée de ratures, mauvaise, puis, découragé, il a éteint la lumière, descendu ses quatre étages, traversé le boulevard désert, et s'est assis à une table extérieure de la petite brasserie située en face de sa maison.

L'écœurante soirée ! Le verre de bière que vient de lui servir un garçon en manches de chemise et traînant des savates, sent le buis à faire vomir ; pas plus de fraîcheur qu'au logis, et quand un souffle de vent s'élève, il est chaud comme l'haleine d'un malade. Maintenant Ludovic songe qu'il aurait mieux fait de rester chez lui, de se mettre au lit peut-être. Pascal a bien raison, l'homme doit rester « en chambre », et le proverbe arabe n'a pas tort non plus : il vaut mieux être couché qu'assis, mort que couché. Mort. Ma foi oui. Il en a assez de son âpre vie d'homme de lettres sans succès, sans talent, qui sait ? N'est-elle pas aussi monotone que l'itinéraire de ce tramway qui, de dix minutes en dix minutes, roule devant lui sur la chaussée poussiéreuse, au trot pesant de ses percherons éreintés? Lui aussi, pour gagner sa litière et son picotin, il a dû faire le cheval d'omnibus, s'atteler dans le brancard d'un journal. Est-il plus dur de tirer sur un licou que de tirer à la ligne? Quel métier que de vendre des verbes et des adjectifs! Et voici qu'il a trente-huit ans. Le matin, en se faisant la barbe, il voit s'épanouir près de ses tempes les pâquerettes du cimetière. Une jeunesse perdue. Rien de vraiment doux et tendre dans ses souvenirs, pas de « coin vert » comme disent les Anglais, rien que les amours tristes ou honteuses du célibataire pauvre ; et, s'il y a des noms de femmes dans son cœur, elles ont écrits là comme sur une glace de restaurant. Et, s'attristant à en pleurer, il se rappelle une de ses nuits les plus sinistres, une nuit passée, la veille d'un duel, auprès d'une maîtresse de hasard, qu'il n'avait pas même voulu réveiller et embrasser au matin, avant d'aller se battre, tant il sentait que cette femme, couchée à ses côtés, lui était étrangère.

Tout en s'enfonçant dans la rêverie lugubre, Ludovic regarde machinalement devant lui, et ayant levé la tête pour vider son verre de bière, il remarque tout à coup, au cinquième étage de sa maison, juste au-dessus de son logement, une fenêtre éclairée.

C'est la seule de la maison et même des maisons voisines, car on se couche de bonne heure dans la banlieue, et, comme, par ce ciel sombre, à cette hauteur, le sommet des édifices se perd dans la nuit, cette fenêtre lumineuse brille au milieu des ténèbres avec l'éclat fixe et calme d'un phare. Elle est ouverte, mais on a tiré le rideau blanc, qui, lorsque passe une brise, frémit.

— Qui peut habiter là? se demande Ludovic.

Et il se sent, dans ce moment-là, tellement triste, abandonné, solitaire, et la fenêtre éclairée rayonne si doucement, si paisiblement, que, par un caprice ironique de son imagination, il évoque les existences heureuses, plus heureuses que la sienne, à coup sûr, qui doivent être vécues dans cette chambre haute. Tous ceux que le dégoût ou le chagrin a souvent chassés du logis et qui ont maintes fois fatigué leur spleen dans des promenades nocturnes, connaissent bien cette impression. Lequel d'entre eux, en voyant briller une fenêtre dans la nuit, ne s'est pas dit : « Le bonheur doit habiter là? » et ne l'a pas longtemps regardée, du fond de l'ombre, avec une sorte d'envie attendrie, comme un désespéré, que tout a trahi sur la terre, trouve encore une consolation mélancolique à regarder un astre et à espérer qu'un jour il recommencera là une vie nouvelle.

**
* **

« Qui peut habiter là? se dit Ludovic. Qui donc veille si tard? »

Un travailleur comme lui, peut-être, un écrivain, un poète? N'a-t-il pas quelquefois échangé un coup de chapeau dans l'escalier avec un tout jeune homme pâle et mal vêtu, qui porte ordinairement un livre? C'est cela. Cet enfant doit gagner l'indispensable pièce de cent sous en donnant une leçon dans la matinée, en vendant un peu de son latin ; mais tout le reste de son temps est à la poésie et à l'art. Il est pauvre, très pauvre, mais fier et pur comme un lis ; il a conservé intact le trésor de sa jeunesse et de ses illusions, et, lorsque, malgré ses habits râpés, une grisette le regarde en riant, il baisse les yeux comme une vierge, ses yeux profonds aux cils de velours, se réservant pour une Béatrix future. Certes, il veut la gloire, mais il ne prétend la conquérir que par un chef-d'œuvre où il aura versé toute la sincérité de son âme ; il respecte sa plume comme un paladin son épée, et il aimerait mieux mourir de faim que de se faire homme de peine littéraire et de semer des bouts de cigares dans les crachoirs des cabinets de rédaction. Il n'a pas vécu sans doute, le noble enfant ; mais à quoi sert la vie aux poètes, sinon à flétrir, à tuer leurs chimères, et il écrit en ce moment ses premiers vers, son divin poème de jeunesse, celui qu'on ne fait qu'une fois ; il crée un paradis enchanté, un paradis impossible, où les oiseaux sont parfumés, où les fleurs ont des ailes, où toutes les femmes sont pures et douces comme des étoiles, où il n'y a que des sentiments et des rêves, et, plus tard, quand il donnera la volée à ses chansons, ceux qui se seront grisés à les chanter et à les lire resteront tristes comme au lendemain d'une ébauche et souffriront d'un regret amer, en songeant que la vie n'est pas si belle.

Mais, jusqu'à présent, son poème n'appartient qu'à lui, son poème inachevé, et d'autant plus cher ; car, à travers l'esquisse, il peut le voir encore tel qu'il serait dans l'idéal. Que peut-il faire à cette heure le jeune poète ? S'est-il déjà couché pour lire jusque bien avant dans la nuit, et a-t-il pris sur la planchette, auprès de son lit de sangle, un livre préféré, cent fois relu, et dans lequel, pour sa puissante et fraîche imagination, s'ouvrent entre les lignes des horizons infinis ? Non, il a plutôt travaillé toute la soirée, il a écrit quelques-unes de ses meilleures strophes ; puis, brisé par l'effort, il s'est renversé dans un grand fauteuil, sa charmante tête d'adolescent s'est inclinée sur son épaule, ses yeux se sont clos, la plume a tombé de ses doigts ; mais, dans son sommeil, il voit toujours la page commencée et il rêve que la Muse satisfaite, la Muse qui existe encore pour lui, pareille à une mère qui serait un ange, s'est accoudée au dossier de son fauteuil, le regarde dormir en souriant, et, parfois, écarte ses cheveux d'une main légère et le baise longuement sur le front.

*
* *

« Qui peut habiter là ? » se demande Ludovic, toujours séduit par le mystérieux attrait de la fenêtre éclairée, et dont la pensée flotte au hasard.

Des amants ! Oui, des amants pour qui rien n'existe au monde que leur mutuel, leur inépuisable désir, et qui ne regardent jamais plus loin que leurs deux ombres enlacées, marchant devant eux au clair de la lune. Oh ! le jeune et charmant couple ! Leur idylle populaire a tout bonnement commencé au bout du faubourg, un soir que, placés par hasard l'un près de l'autre, ils regardaient tourner le cirque des chevaux de bois ; mais elle a vu tout de suite qu'il était blond, l'étudiant, blond avec des lèvres vermeilles ; lui, il s'est donné en une minute à cette brune aux yeux gais comme une chanson ; et, pour être heureux, ils n'ont demandé

permission qu'à leurs vingt ans. Cela dure depuis le printemps, depuis le mois des bouquets de cerises et des fils de la Vierge ; mais ils ont l'âge où demain veut dire toujours et ils ont transformé leur chambre sous les toits en une volière de baisers.

C'est extraordinaire qu'il y ait ce soir de la lumière chez eux ; d'habitude,

ILS N'ONT DEMANDÉ PERMISSION
QU'A LEURS VINGT ANS.

l'amour aime les nuits longues l'on s'y couche tôt et l'on s'y lève tard. L'amoureux a dû sans doute s'absenter aujourd'hui, aller dîner chez de vieux parents ; mais, au départ, elle lui a mis un de ses fichus autour du cou pour que, pendant la route, il sente son odeur et ne l'oublie pas. Tout à l'heure, en faisant la dînette sur un coin de table, elle était tout heureuse d'être seule pour mieux penser à lui ; elle écrivait, rêveuse, sans le faire exprès, le nom de son amant sur la nappe avec la pointe de son couteau ; elle se rappelait, avec un sourire tendre, la jolie façon dont il marche, dont il agit, et elle sentait quelque chose de délicieux qui se répandait dans son cœur. Mais, à la longue, elle s'est déshabillée et mise au lit. Maintenant, elle dort auprès de la bougie allumée ; son frais visage, noyé dans sa chevelure défaite, repose sur ses deux mains jointes ; et la patte de sa fine chemise de mousseline, ayant glissé le long de son bras, découvre son épaule ronde et pure. Quand il rentrera, bientôt, sans faire de bruit, il aura cette joie de la surprendre dans son sommeil de fleur ; il s'assoira près du lit et la regardera longtemps. Alors, le devinant d'instinct dans son rêve, elle ouvrira les yeux ; oh ! les battements de paupières d'une fille de vingt ans qui s'éveille ! oh ! les premiers scintillements d'une étoile ! et lui, éperdu d'amour, la saisira, l'étreindra passionnément et se cachera le visage dans son sein parfumé !

*
* *

« Qui peut donc bien demeurer là ? » songe Ludovic, les yeux toujours fixés sur la haute fenêtre qui rayonne dans la nuit.

Pourquoi pas un bon ménage, avec des enfants ? Un automne avec de beaux fruits ? Cela existe aussi pourtant, des cœurs humbles et résignés, heureux dans le devoir et par le devoir, comme les deux époux que Ludovic rencontre quelquefois le dimanche, dans cette banlieue aux mœurs patriarcales : la maman, blonde fatiguée, avec une « confection » à bon marché, poussant son dernier-né dans une petite voiture, et le père, une tête grise de sous-chef qui attend la croix, tout fier de donner la main à son lycéen. Ce sont eux peut-être qui logent là-haut, et, comme on n'a qu'un traitement de quatre cents et quelques francs à grignoter par mois, songez donc avec deux enfants ! on déjeune souvent d'un reste de veau froid de la veille, et le collégien couche dans la salle à manger, sur un lit-canapé qu'on déploie tous les soirs. Ah ! le petit

dernier, qu'on n'attendait pas, le pauvre chéri, mais qui a été tout de même le bienvenu, avait déséquilibré le mince budget. Heureusement que le papa a trouvé dans une maison de droguerie une tenue de livres de six cents francs par an, qui le force à partir à huit heures du matin, voilà tout, en emportant son déjeuner dans sa serviette de chagrin noir. Eh bien, on ne se plaint pas ; tout le monde est en bonne santé. Léon, leur aîné, qui fait sa cinquième, a eu trois prix l'année dernière, et c'est attendrissant, le regard affectueux que le mari tourne vers sa femme, quand il la voit se fatiguer les yeux à coudre le soir et qu'il lui dit : « Allons, *maman*, va te coucher... En voilà assez pour aujourd'hui. » Mais pourquoi n'en fait-il pas autant lui, le père, qui doit se lever demain de si bon matin et mettre au courant le grand livre de son droguiste ? Pourquoi s'attarde-t-il auprès de la lampe à pétrole ? Ah ! c'est qu'il s'est aperçu que, dans la suite de ses études, Léon ne pourrait point se passer d'un répétiteur, et voilà qu'il tâche de rattraper son vieux grec, le pauvre bonhomme, et qu'il se remet à piocher son Burnouf, et qu'il s'embrouille dans les esprits rudes, les duels et les aoristes...

Bah ! malgré toutes leurs misères, Ludovic les envie quand même, ces honnêtes gens, car ils possèdent ce qu'il ne pourrait payer de tout le sang de ses veines, un grand sentiment, et ils mangent leur maigre bouilli avec de la vertu autour !

*
* *

Soudain de grosses gouttes de pluie viennent s'écraser sur le trottoir et sur la table de brasserie où Ludovic est accoudé. C'est l'orage, il faut rentrer.

Malgré l'heure tardive, il trouve sa concierge éveillée et ravaudant un bas de laine dans sa bergère. Parbleu ! il saura qui veillait derrière ce rideau lumineux devant lequel il a si douloureusement rêvé ce soir de tous les bonheurs, de ceux du moins qui sont à la portée des pauvres : le travail, l'amour, la famille.

— Qui donc demeure au-dessus de moi ? demande-t-il à la vieille femme. Oui, dans la chambre, juste au-dessus de la mienne ?... C'est la seule fenêtre qui soit encore éclairée dans la maison.

— Hélas ! monsieur, lui répond la concierge, il n'y demeure plus personne... Il y avait là un pauvre vieux qui devait deux termes... Le *popiélaire* ne les lui réclamait pas, par charité... car il allait avoir soixante-dix ans et entrer à Bicêtre... Mais il est mort tantôt, sur le coup de quatre heures... Alors la dame du premier a donné un vieux drap pour l'ensevelir, et comme il ne connaissait personne... ah ! mon Dieu, non, pas un ami, pas un parent pour le veiller... j'ai allumé une bougie auprès de son lit, et puisque voilà maintenant tous les locataires rentrés, je vais monter une heure là-haut et dire mon chapelet à son intention.

UNE IDYLLE

MANQUÉE

Seuls, les vieux Parisiens savent que chaque faubourg de la grande capitale est une petite province, vivant d'une vie personnelle, ayant ses grands hommes de clocher, ses célébrités locales. Or, il y a cinq ou six ans, personne n'était plus fameux dans le quartier qui s'étend du Champ-de-Mars aux fortifications que le grand-premier-rôle Saint-Armand, dont le nom, imprimé en caractères gras, avait toujours les honneurs de la vedette sur l'affiche du théâtre de Grenelle. Sans doute, l'expansion de cette renommée avait des limites assez bornées, et Saint-Armand, illustre à Javel, était à peu près inconnu au Gros-Caillou. Mais qui peut se flatter d'avoir vraiment atteint la gloire? Assez récemment, un employé de mairie, rédigeant un acte de mariage, n'a-t-il pas demandé à Victor Hugo, l'un des témoins : « Votre nom s'écrit-il avec un t ? »

Saint-Armand, c'était un sage, se contentait d'être l'idole de son quartier et ne s'affligeait pas d'être obscur au delà des Invalides. D'ailleurs, tenir l'emploi de premier-rôle *assoluto*, jouer sans conteste tous les Bressants et tous les Mélingues, et parler d'un air protecteur à la duègne et au comique-habillé, cela peut suffire à l'amour-propre, toujours formidable pourtant, d'un comédien. Pour lui, l'essentiel est d'avoir la première place, et même, à bien des égards, doit-il aimer mieux l'occuper dans un modeste théâtre de banlieue, où l'applaudit bruyamment l'enthousiaste public des faubourgs, si passionné pour le spectacle que, dans ce petit monde, la conscience d'un homme intègre et la vertu d'une femme austère se sentent fléchir devant l'offre d'un billet de faveur.

Le grand-premier-rôle en tout genre du théâtre de Grenelle méritait-il sa popularité? Presque.

Déjà mûr, il avait longtemps couru la province, et tout près d'aborder la quarantaine, Saint-Armand était un gars superbement bâti, fait pour le maillot. Un peu de ventre déjà? Allons donc! Non, du gilet, de l'estomac, un air de force enfin, qui ne lui faisait aucun tort dans le séduisant et le servait dans le pathétique ; et, sur un cou de taureau, un large visage, aux traits un peu gros, excellent pour l'optique de la scène et de cette pâleur

olivâtre qui blanchit aux lumières. L'œil
très noir et encore brillant, bien que frisé
par la patte d'oie, le cheveu rare mais
redevenant fougueux sous le fer du coif-
feur, de courtes moustaches qui ne tombaient même pas dans les rôles à poudre,
et un reste indompté d'accent toulousain,
tout en lui était d'accord avec une espèce
de talent chaleureux et commun, le talent
du cabotin qui joue des pectoraux pour
exprimer l'émotion et tape du pied à la
fin des tirades.

Aussi, quel prestige ! Le « Tout-Gre-
nelle des premières », ouvriers aux faces
charbonnées des usines d'alentour, « riz-
pain-sel » aux épaulettes blanches, ciga-
rières aux doigts jaunis de la Manufacture
des Tabacs, n'aurait pas souffert un autre
d'Artagnan, un autre Lagardère ; et quand
Saint-Armand reprenait un de ces grands
rôles de cape et d'épée, on faisait, tout le
long de la semaine, le *maximum* des samedis de paie.

De tels triomphes avaient inspiré à
Saint-Armand, avouons sa faiblesse, une
excusable vanité. « A la ville », il parlait
trop volontiers peut-être de sa personne
et de ses succès. Il s'abandonnait notam-
ment à ce travers dans le petit café de la
rue Fondary, où il arrivait ponctuelle-
ment chaque soir, à cinq heures, toujours
très bien tenu, la redingote serrée à la
taille, un soupçon de teinture à ses tempes
grisonnantes et coiffé d'un chapeau de
haute forme, luisant comme un sabre.
C'était alors que, tout en dînant, bonhomme et sans fierté, avec le limonadier
et sa femme, il exposait quelques théories
d'art et souvent établissait, au fromage,
des comparaisons entre lui-même et les
principaux acteurs des théâtres du Boulevard.

— Oui, disait-il à ses hôtes, béants
d'admiration devant l'artiste, je suis modeste et je ne m'en fais pas accroire. Certainement, Dumaine peut être mieux que
moi dans *Patrie*, Taillade mieux que moi
dans les *Deux Orphelines*, Lacressonnière
mieux que moi dans le double rôle du
Courrier de Lyon... Tout ce que vous voudrez... Mais je ne crains personne dans
Lazare le Pâtre.

Est-il nécessaire de dire qu'un pareil
homme avait de tout temps remporté sur
le sexe enchanteur d'innombrables et très
flatteuses victoires? Jadis, en province,
d'après la légende, il avait été redoutable ;

et le souvenir d'une trop sensible préfète
était lié, paraît-il, à l'épingle surmontée
d'une perle noire, dont se parait Saint-
Armand, resté fidèle aux cravates longues. Aussi, en matière de galanterie,
avait-il les opinions exclusives, les idées
arrêtées du pacha qui n'a qu'à jeter le
mouchoir, de l'homme qui peut choisir
parmi les hommages. Esprit hiérarchique
et tenant à conserver dans les coulisses
son rang de grand-premier-rôle, il dédai-
gnait les comédiennes et, pareil à l'éléphant, cachait ses amours ; ce qui faisait
dire cyniquement à Anatole, le premier-
comique de l'endroit : « Saint-Armand
porte en ville. »

Mais la vérité, qu'il dissimulait soigneusement, c'est que depuis son séjour dans
la banlieue, il avait vu décroître le nombre
de ses bonnes fortunes. Quelques maî-
tresses d'officiers, quelques femmes de
petits employés, dépravées par le désœu-
vrement des après-midi ; et c'était tout.
Il fallait s'y résoudre, Grenelle était un
mauvais terrain, où ne s'épanouissait pas
la fleur du caprice. Pourtant bien des
cœurs battaient sur son passage ; vers
onze heures, quand il se rendait à la répé-
tition, les chansons s'éteignaient dans les
boutiques de blanchisseuses, et les ou-
vrières des fabriques, qui vont par groupes
sur le trottoir en mangeant des « frites »
dans un cornet de papier, le suivaient des
yeux avec émotion. Sans ridicules préjugés de caste, Saint-Armand eût volontiers souri à quelques-unes de ces idylles
faubouriennes ; mais il était accoutumé
à ce qu'on lui fît des avances, il les attendait ; et les fillettes éblouies par l'auréole
de l'artiste, n'osaient pas élever jusqu'à
lui leurs désirs et leurs espérances.

C'est pourquoi, en plein succès, au beau
milieu de l'hiver, et comme il venait de
reprendre *le Vampire*, un rôle à bottes à
glands, à collant gris et à redingote à
pèlerine, un rôle irrésistible, Saint-Armand, si invraisemblable que fût le fait,
Saint-Armand n'avait pas de maîtresse.

*
**

Un matin, tout en se faisant la barbe,
dans sa chambre modeste, mais confortable, — il avait quelques économies, — le
comédien songeait mélancoliquement à cet
état de choses et, se rappelant son temps

de Conservatoire, il murmurait le vers fameux :

Mon innocence enfin commence à me peser

lorsque son concierge lui apporta une lettre, une lettre de femme !

Enfin !

Orthographe douteuse ! Écriture de nourrice ! Évidemment, il ne s'agissait pas, comme dans *la Tour de Nesle* de « très grandes dames ». Qu'importe ! On l'admirait, on l'aimait ! La lettre était émue et respectueuse, et le suppliait de se trouver le soir même, à cinq heures, devant le grand mur de la rue Lecourbe.

Tout de suite, il résolut d'y aller et, faiblesse singulière chez ce bourreau des cœurs, jusqu'au soir, il fut impatient, nerveux. Enfin, l'heure du berger sonna, et il était presque troublé en arrivant au rendez-vous.

La nuit était tombée tout à fait, il faisait un froid sec, et le gaz flambait clair dans la longue rue déserte. Du côté des maisons, quelques rares passants filaient vite, et de l'autre côté, au-dessus du long mur de l'usine à gaz, les énormes cylindres des réservoirs se découpaient sur l'azur nocturne, déjà constellé.

Saint-Armand allumait une cigarette pour charmer les ennuis de l'attente, quand une voix jeune, qui tremblait un peu, murmura tout près de lui :

— Me voilà !

Il retourna vivement la tête et, à la lueur d'un bec de gaz tout proche, il considéra sa victime.

C'était une enfant du peuple, la gamine vite déniaisée à l'école et en apprentissage, qui, l'an passé, jouait peut-être encore avec les galopins, dans l'escalier de la maison à cinq étages, pleine de familles d'ouvriers, et qui, tout à coup, était devenue une grande fille, portant avec on ne sait quelle grâce parisienne sa « confection » au rabais et sa toque de fausse loutre. Mais quoi ! dix-sept ou dix-huit ans, la beauté du diable, le déjeuner de soleil, les cheveux blonds fous, des lèvres rouges, des dents saines, malgré le teint pâle de la chlorose, et au fond de ses grands yeux un peu canailles, un regard naïf malgré tout, qui faisait songer à une branche de lilas dans un verre, au mois d'avril, sur la fenêtre d'une prostituée.

Saint-Armand, grisé déjà par la bouffée de jeunesse qui émanait de la fillette, lui avait donné le bras et pris la main, une main grasse et chaude, avec les bouts de doigts rugueux de l'ouvrière.

— Et d'abord... vous vous appelez?

— Agathe.

Soudain intimidée, les yeux obstinément baissés sur l'asphalte du trottoir, mais pressée par les questions du comédien, elle lui confiait son petit roman. Elle allait au théâtre de Grenelle tous les vendredis, le jour *chic* ! et elle l'avait admiré dans tous ses rôles ; elle savait par cœur des phrases, des tirades ; elle déclamait en l'imitant: *Amélie, il y a seize ans qu'un crime t'a faite mon épouse !*... Hein? comme ça, n'est-ce pas?... A son atelier, elle était coloriste, dans la rue Bonaparte, pour les images de sainteté, elle ne parlait plus que de lui, et ses camarades lui avaient dit : « Il ne voudrait pas de toi, ton artiste ! » et l'avaient mise au défi de lui écrire. Alors elle avait fait sa lettre, elle s'excusait pour l'écriture, et elle l'avait gardée deux jours dans sa poche, hésitant beaucoup, et elle s'était tiré les cartes avant de là mettre dans la boîte, et tout à l'heure, elle avait la bouche sèche et le cœur tout barbouillé en allant au rendez-vous. Mais il était venu, il était bien gentil d'être venu... Et elle se serrait contre lui, le regardait en dessous, s'offrait, se donnait, la misérable enfant, avec un mélange d'effronterie et de honte.

***

Eh bien, qu'est-ce qui lui prenait donc, au cabotin? Il n'était pas scrupuleux pourtant dans ses aventures d'amour. Mais depuis qu'Agathe parlait, il lui serrait la main moins fort, et il se sentait tout démonté. Il devinait un mystère, quelque chose d'obscur et d'inconnu, dans le langage de la jeune fille, et il était comme épouvanté par ce cynisme qui s'ignorait.

— Et quand vous venez au théâtre, le vendredi, demanda-t-il à Agathe pour dire quelque chose, c'est sans doute avec un bon ami?

Mais, cette fois, elle le regarda franchement dans les yeux, en éclatant de rire.

— Un bon ami? Ah ! bien oui... Mais je n'en ai pas de bon ami, et je n'en ai jamais eu ; et pour nous voir, si vous voulez que nous nous voyions quelquefois, ce sera difficile... Ils ne sont pas commodes, allez, papa et maman, et ils m'ont toujours surveillée, ah ! mais, ah ! mais... J'en ai attrapé, étant petite, de ces paires

Bonaparte qu'elle me laisse aller et revenir toute seule, parce que c'est trop loin pour m'accompagner... Un bon ami? Les petites camarades m'ont assez blaguée parce que je n'en avais pas !...

JE N'EN AI PAS DE BON AMI.

de calottes, quand je revenais trop tard de la « mutuelle »... Papa, lui, ne peut pas trop s'occuper de moi, il travaille toute la journée à l'usine Cail... mais, maman, oh ! elle est terrible... C'est seulement depuis que je suis dans l'atelier de la rue

Elle continua ainsi longtemps, riant toujours, avec un accent d'horrible sincérité. Il n'y avait pas à en douter, personne n'avait encore cueilli cette rose du ruisseau. Ses parents, disait-elle, voulaient la marier avec un petit tailleur de la

rue Croix-Nivert, qui faisait des raccom-
modages ; un vilain rouge, ayant les
jambes en pieds de banc de guinguette, à
force de rester accroupi sur son établi,
et qu'elle ne pouvait pas souffrir.

Mais, encore une fois, qu'a-t-il donc,
le premier-rôle adoré des femmes, le Lo-
velace de province, le Valmont dépar-
temental, qui a obtenu jadis les faveurs
d'une préfète? Voilà qu'il est navré, maintenant, par le bavardage de cette vierge
sans innocence, et que son cœur, il en a
un, et pas mauvais, après tout, s'emplit
peu à peu d'un sentiment où le dégoût
est vaincu par la pitié.

Voilà qu'il songe que, malgré les tein-
tures et les cosmétiques, il a quarante
ans tout de même et que, s'il s'était marié
autrefois, à Montauban, avec « l'ingé-
nuité », il pourrait avoir une fille de l'âge
d'Agathe, et qu'élevée dans les coulisses,
un joli monde encore ! elle serait peut-
être devenue comme celle-ci...

En ce moment, la lune s'est levée ; elle
met une pâle bande de lumière sur les
gros réservoirs cylindriques du gazo-
mètre et découpe nettement, sur le mur,
l'ombre du groupe formé par Saint-Armand et Agathe. C'est singulier, regardez
donc ! Il ne donne plus le bras à la fillette,
le comédien ; il se tient devant elle et lui
prend les deux mains, mais d'un air tout
paternel ; et il branle la tête comme un
homme qui parle longuement, qui donne
des conseils. Mais c'est la silhouette d'Agathe qui est curieuse à voir sur la muraille !
Elle baisse le nez à présent, dans l'attitude de la confusion, et Saint-Armand
agite devant elle un doigt sévère, un doigt
qui fait de la morale. Mais vraiment, est-
ce possible ? Elle a tiré son mouchoir de sa
poche, elle pleure ! Ah ! il a tort, il lui dit
des choses trop dures, à la pauvre petite.
Non, voyez, c'est un brave homme. Il la
console maintenant, il lui a repris les
mains et les caresse doucement... Hein?
qu'est-ce que c'est? Il l'embrasse !... Sur
le front, à la bonne heure !... C'est un
adieu ; ils se serrent encore les mains, et
puis elle se retourne, elle s'en va, marchant très vite et la tête basse... Eh ! bon
Dieu ! quel drôle de geste fait donc l'ombre chinoise de Saint-Armand dans la
direction où Agathe vient de s'éloigner?...
Ah ! c'est juste... Le comédien, entraîné
par le besoin de « jouer la situation »,
étend les mains pour la bénir.

* *
*

Tout à coup, six heures sonnent à une
horloge du voisinage.

« Six heures ! se dit le premier-rôle.
Il va falloir dîner à la six-quatre-deux, si
je veux arriver au théâtre à temps pour
« faire ma figure ».

Et, filant à grandes enjambées du côté
de la rue Fondary :

« Hein? qu'est-ce qui m'aurait dit que,
ce soir, je jouerais les pères nobles?...
N'importe, j'ai bien fait... Je crois que je
l'ai « empoignée », la petite, et qu'elle
fera ce que veut sa mère, et qu'elle épousera le tailleur... Et puis, si elle tourne
mal quand même, tant pis ! Je ne serai
pour rien, du moins, dans cette saleté-là...
C'est égal, Saint-Armand, mon bonhomme,
les camarades se ficheraient joliment de
toi s'ils savaient que tu as respecté cette
poulette... Espèce de prix-Montyon, va ! »

UN ACCIDENT

Saint-Médard, la vieille église de la rue Mouffetard, qu'ont jadis rendue si célèbre le diacre Pâris et les Convulsionnaires, est une très pauvre paroisse. Le « Faubourg Marceau », comme on dit par là, n'a pas beaucoup de religion, et le conseil de fabrique doit avoir assez de peine à joindre les deux bouts. Le dimanche, aux heures des offices, il y a bien peu de monde, et rien que des femmes, ou presque : une vingtaine de bourgeoises du quartier et des servantes en bonnet rond. Comme hommes, on n'y rencontre guère que trois ou quatre vieillards, à vestes de paysans, qui s'agenouillent à cru sur la pierre, auprès d'un pilier, leur casquette sous le bras, et roulent un gros chapelet entre leurs doigts, en remuant les lèvres et en levant les yeux vers les ogives, avec des physionomies de donataires de vitrail. Mais en semaine, plus personne. Les jeudis d'hiver, les bas-côtés résonnent un instant d'un clapotis de galoches quand arrivent et s'en vont les élèves du catéchisme ; quelquefois encore, une pauvresse à madras traînant après elle un ou deux enfants et portant un nourrisson sur les bras, vient faire brûler un petit cierge sur l'if de la chapelle de la Vierge ; ou bien c'est, du côté des fonts baptismaux, des hurlements de nouveau-né qu'on baptise ; ou plus souvent, l'enterrement d'un misérable, une bière en sapin, recouverte d'un drap noir et posée sur deux tréteaux, qu'un prêtre bénit à la hâte, devant un très petit groupe de femmes, les hommes étant libres-penseurs et attendant la fin de la cérémonie devant le comptoir d'en face, où ils jouent des litres au tourniquet.

Aussi le vieil abbé Faber, l'un des vicaires de la paroisse, est-il sûr de ne pas trouver de pénitents, deux fois sur trois, auprès de son confessionnal, et n'a, la plupart du temps, à entendre que les aveux peu intéressants de quelques bonnes femmes. Mais c'est un homme de devoir, et les mardis, jeudis et samedis, à sept heures précises, il se rend régulièrement à la chapelle Saint-Jean, sauf à faire un bout de prière et à s'en retourner s'il n'y a personne.

*

Un soir de l'hiver dernier, luttant contre une bourrasque avec son parapluie ouvert, l'abbé Faber remontait péniblement la rue Mouffetard pour aller à la paroisse, et, presque certain de se déranger inutilement, il regrettait, à part lui, le bon feu qu'il venait de quitter dans son petit logement de la rue Lhomond et le Bollandiste in-folio qu'il avait laissé ouvert sur la table, en posant dessus sa paire de lunettes. Mais c'était un samedi soir, jour où les vieilles veuves, qui grignotent leurs petites rentes dans les pensions bourgeoises d'alentour, viennent quelquefois chercher l'absolution, pour communier le lendemain. Le brave prêtre ne pouvait donc se dispenser de s'installer dans sa guérite de chêne et d'ouvrir, caissier plein d'exactitude, ce guichet où les dévotes, pour qui la confession est une sorte de caisse d'épargne du paradis, font leur versement hebdomadaire de péchés véniels.

L'abbé Faber était d'autant plus fâché de sortir, que ce samedi-là était un samedi de paye et qu'ordinairement alors la rue Mouffetard grouillait de monde, et d'un monde assez mal disposé pour sa soutane. On a beau être un saint homme, il est peu agréable d'être forcé de baisser les yeux devant les regards malveillants et de se boucher les oreilles aux paroles injurieuses saisies au passage. Il y avait une certaine boutique de liquoriste que l'abbé redoutait particulièrement, une boutique toute flambante de gaz et lançant une odeur alcoolique par sa porte ouverte, d'où l'on pouvait voir une perspective de tonneaux ornés d'étiquettes : Absinthe, Bitter, Madère, Vermouth, etc. Là, debout devant le zinc », se tenait toujours une bande de gaillards à longue blouse et à haute casquette, qui saluaient le pauvre abbé, filant vite sur le trottoir, d'un « croua ! croua ! » tout à fait offensant.

Pourtant, ce soir-là, le mauvais temps faisant le désert dans la rue, l'abbé Faber arriva sans encombre à son église. Il mouilla son index au bénitier, se signa, fit une brève révérence au maître-autel et se dirigea vers son confessionnal. Du

moins, il n'était pas venu pour rien et un pénitent l'attendait.

Un pénitent mâle ! C'était une chose rare et exceptionnelle à Saint-Médard ; mais, en distinguant, à la lueur rouge de la lampe pendue à l'ogive de la chapelle, le court bourgeron blanc et les semelles à gros clous de l'homme agenouillé, l'abbé Faber songea que c'était quelque ouvrier ayant gardé sa foi de paysan et de bonnes habitudes de pratique religieuse. Sans doute la confession qu'il allait entendre serait aussi banale que celle de cette cuisinière de la rue Monge qui, après s'être accusée d'avoir fait danser l'anse du panier, se récriait toujours au seul mot de restitution. Le prêtre souriait même, en se souvenant de la formule sommaire employée par un faubourien qui venait lui demander un billet de confession pour se marier : « Je n'ai ni tué, ni volé. Fouillez dans le reste. » Aussi le vicaire entrat-il très tranquillement dans son confessionnal et, après s'être accordé une copieuse prise de tabac, ouvrit-il sans aucune émotion le petit rideau de serge verte qui fermait le guichet.

— Monsieur le curé... balbutia une voix rude qui s'efforçait de parler bas.

— Je ne suis pas curé, mon ami... Dites votre *Confiteor* et appelez-moi : mon père.

L'homme, dont l'abbé Faber ne pouvait pas voir le visage baigné d'ombre, ânonna lentement la prière qu'il semblait se rappeler avec difficulté, puis il reprit sourdement :

— Monsieur le curé... non... mon père.. Enfin excusez-moi si je ne parle pas comme il faut, mais je ne me suis pas confessé depuis vingt-cinq ans, oui, depuis que j'ai quitté le pays... Vous savez ce que c'est... un homme, à Paris... Et puis je n'étais pas plus mauvais qu'un autre et je me disais : « Le bon Dieu doit être un bon enfant... » Mais aujourd'hui, ce que j'ai sur la conscience est trop lourd à porter tout seul, et il faut que vous m'écoutiez, monsieur le curé... j'ai tué un homme !

L'abbé sauta sur son banc. Un meurtrier ! Il ne s'agissait plus ici des distractions à l'office, des mauvais propos contre le prochain et autres bavardages de vieilles femmes qu'il écoutait d'une oreille distraite et qu'il absolvait de confiance.

Un meurtrier! Ce front qui était si près du sien avait conçu et porté la pensée d'un crime ; ces mains jointes sur son confessionnal étaient peut-être encore souillées de sang ! Dans son trouble, où il y avait un peu de terreur, l'abbé Faber ne trouva que des paroles machinales :

— Confessez-vous, mon fils... La miséricorde de Dieu est infinie.

— Écoutez donc toute l'histoire, dit l'homme avec un accent où vibrait une profonde douleur. Je suis ouvrier maçon et je suis venu à Paris, il y a plus de vingt ans, avec un « pays », un camarade d'enfance... Nous avions déniché des nids et appris à lire à l'école ensemble... Quasiment un frère, quoi?... Il s'appelait Philippe... moi, je m'appelle Jacques... C'était un grand et beau garçon ; j'ai toujours été lourd et mal bâti... Pas de meilleur ouvrier que lui, tandis que je ne suis qu'un « sabot »... et bon, et brave, et le cœur sur la main... J'étais fier d'être son ami, de marcher à côté de lui, fier qu'il me tapât dans le dos en m'appelant grosse bête... je l'aimais parce que je l'admirais, enfin ! Une fois ici, quelle chance ! on nous embauche tous les deux chez le même patron... mais le soir, il me laissait tout seul, les trois quarts du temps ; il allait s'amuser avec les camarades... C'était bien naturel, à son âge... il aimait le plaisir, il était libre, il n'avait pas de charges, au lieu que moi, je ne pouvais pas... J'étais forcé d'épargner, car j'avais encore ma mère infirme au pays, à cette époque-là, et je lui envoyais mes économies... Pour lors, je prends mes habitudes chez une fruitière de la maison où je demeurais et qui mettait le pot-au-feu pour les maçons... Philippe ne dînait pas là, il s'était arrangé ailleurs, et pour dire le vrai, la cuisine n'était pas fameuse... Mais la fruitière était une veuve, point heureuse, à qui je voyais que ma pratique rendait service ; et puis, il faut être franc, j'étais tout de suite tombé amoureux de sa fille... Pauvre Catherine ! Vous saurez tout à l'heure, monsieur le curé, ce qu'il en est advenu... Je suis resté trois ans sans pouvoir lui avouer que j'avais de l'amitié pour elle ; je vous l'ai dit, je ne suis qu'un médiocre ouvrier, et le peu que je gagnais était à peine suffisant pour moi et pour ce que j'envoyais à la maman ; pas moyen de songer à s'établir... Enfin ma brave femme de mère s'en alla au ciel, je fus un

peu moins gêné, je mis quelque argent de côté et, quand il me sembla qu'il y en avait assez pour me mettre en ménage, je parlai à Catherine de mon sentiment... Elle ne dit d'abord ni oui ni non. Parbleu ! je savais bien qu'on ne me sauterait pas au cou ; je n'avais rien d'un séducteur... Pourtant Catherine consulta sa mère, qui m'estimait comme ouvrier rangé, comme bon sujet, et le mariage fut convenu... Ah ! j'ai eu quelques heureuses semaines. Je voyais que Catherine ne faisait que m'accepter, qu'elle n'était pas entraînée vers moi ; mais comme elle avait bon cœur, j'espérais bien me faire aimer d'elle un jour, à force, à force !... Bien entendu que j'avais tout raconté à Philippe, que je voyais chaque jour sur le chantier et, quand Catherine fut ma promise, je voulus la lui faire connaître. Vous avez peut-être déjà deviné la suite, monsieur le curé... Philippe était bel homme, très gai, très aimable, tout ce que je n'étais pas, et sans le faire exprès, bien innocemment, il rendit Catherine folle de lui... Ah ! c'est un franc et honnête cœur que celui de Catherine, et dès qu'elle eut reconnu ce qu'elle éprouvait, elle me le dit tout de suite... Mais, là, tout de même, je n'oublierai jamais ce moment-là ! C'était le jour de la fête de Catherine et, pour la lui souhaiter, j'avais acheté une jeannette d'or que j'avais bien arrangé dans une boîte avec du coton... Nous étions seuls dans l'arrière-boutique et elle venait de me servir ma soupe. Je tirai ma boîte de ma poche, je l'ouvris et je lui montrai le bijou. Alors, elle fondit en larmes.

» — Pardonnez-moi, Jacques, me dit-elle, et gardez cela pour celle que vous épouserez... Moi, je ne peux plus devenir votre femme. J'en aime un autre... J'aime Philippe.

* *

» Certes, j'ai eu du chagrin alors, monsieur le curé, j'en ai eu tout mon soûl. Mais que pouvais-je faire, puisque je les aimais tous les deux? Ce que je croyais être leur bonheur, pardi ! les marier ensemble ; et comme Philippe avait toujours fait un peu la fête et qu'il était près de ses pièces, je lui ai prêté mon magot pour s'acheter des meubles.

» Donc ils se marièrent et tout alla bien dans les premiers temps, et ils eurent un petit garçon, dont je fus le parrain et que je nommai Camille, en souvenir de ma mère. C'est peu après sa naissance que Philippe commença à se déranger. Je m'étais trompé sur son compte ; il n'était pas fait pour le mariage, il aimait trop le plaisir et la rigolade. Vous vivez dans un quartier de pauvres gens, monsieur le curé, vous devez connaître par cœur cette triste histoire-là... l'ouvrier qui glisse peu à peu dans la paresse et dans l'ivrognerie, qui tire des bordées de deux et trois jours, qui ne rapporte plus sa semaine et qui ne rentre au logis, tout vanné par la noce, que pour faire des scènes et pour battre sa femme. Eh bien, en moins de deux ans, Philippe était devenu un de ces malheureux-là. Dans les commencements j'ai essayé de lui faire de la morale et quelquefois, rougissant de sa conduite, il a tâché de se corriger. Mais ça ne durait pas longtemps... et puis mes remontrances ont fini par l'agacer, et lorsque j'allais chez lui et qu'il surprenait mon regard triste sur la chambre démeublée par le Mont-de-Piété et sur la pauvre Catherine, toute maigrie et pâlie par le chagrin, il devenait furieux... Un jour, il eut l'audace de me faire, à propos de sa femme, qui est honnête comme la Bonne Vierge, une scène de jalousie, me rappelant que j'avais été amoureux d'elle autrefois, m'accusant de l'être encore, des bêtises et des infamies, quoi ! que j'aurais honte de répéter... Ah ! ce jour-là, nous avons failli nous sauter à la gorge !... Je fis ce que je devais faire ; je renonçai à voir Catherine et mon filleul, et quant à Philippe, je ne le rencontrai plus que par hasard, quand nous avions du travail sur le même chantier.

»Seulement vous comprenez bien, j'avais trop d'affection pour Catherine et pour le petit Camille ; je ne pouvais pas les perdre de vue tout à fait. Le samedi soir, quand je savais que Philippe était parti avec des camarades pour boire sa paye, je rôdais dans le quartier, je rencontrais l'enfant, je le faisais causer et, s'il y avait trop de misère à la maison, il ne revenait pas les mains vides, vous sentez. Je crois que ce misérable Philippe savait que je venais en aide à sa femme, et qu'il fermait les yeux, et qu'il trouvait cela commode... Enfin j'abrège, car c'est trop affligeant.

Des années ont passé, Philippe s'enfonçant toujours dans son vice ; mais Catherine, que j'ai secondée autant que j'ai pu, a élevé son fils, et c'est maintenant un beau gars de vingt ans, bon et courageux comme elle... Il n'est pas ouvrier, lui ; il s'est instruit, il a appris à dessiner dans les écoles du soir, et il est maintenant chez un architecte, où il gagne d'assez bons gages. Aussi, quoique l'intérieur soit toujours bien attristé par la présence de l'ivrogne, ça va déjà mieux, car Camille est excellent pour sa mère ; et, depuis un an ou deux, quand je rencontrais Catherine, elle est bien changée, la pauvre femme ! au bras de son garçon habillé en monsieur, cela me réchauffait le cœur.

» Mais, hier soir, en sortant de ma gargotte, je rencontre Camille et, en lui donnant une poignée de main, oh ! il n'est pas fier et il ne rougit pas de ma blouse tachée de plâtre, je lui trouve l'air tout chose.

— Voyons, qu'est-ce qu'il y a?

— Il y a que j'ai tiré au sort, me répond-il, que j'ai amené le numéro 10, un de ceux qui vous envoient crever de la fièvre aux colonies avec les soldats de la marine ; que, dans tous les cas, m'en voilà pour cinq ans, qu'il va falloir laisser maman seule, sans ressources, avec le père, et qu'il n'a jamais tant bu, qu'il n'a jamais été plus méchant, et qu'elle en mourra, mon parrain, et que les pauvres gens sont maudits !

» Ah ! que j'ai passé une horrible nuit ! Songez donc, monsieur le curé, les vingt ans d'efforts de cette pauvre femme détruits en une minute, par la bêtise du hasard, parce qu'un enfant a fouillé dans un sac et y a pris un mauvais dé de loto ! Aussi, ce matin, j'étais voûté comme un vieux par une nuit blanche en me rendant à la maison que nous sommes en train de construire sur le boulevard Arago. On a beau avoir du chagrin, il faut travailler tout de même, n'est-ce pas? Donc, je grimpe tout là-haut, sur l'échafaudage, nous avons déjà monté la maison jusqu'au quatrième, et je commence à poser mes moellons. Tout à coup, je me sens frapper sur l'épaule. C'était Philippe !... Il ne travaillait plus maintenant que par caprice, et il venait faire une journée pour gagner de quoi boire, apparemment. Mais le patron, ayant un dédit à payer s'il ne finissait pas le bâtiment à une date fixe, acceptait le premier venu.

JE LE FAISAIS CAUSER.

» Je n'avais pas vu Philippe depuis assez longtemps et j'eus peine à le reconnaître. Brûlé et séché par l'eau-de-vie, la barbe toute grise, les mains tremblantes, ce n'était plus qu'un vieillard, une ruine.

» — Eh bien, lui dis-je, l'enfant a donc tiré un mauvais numéro?

» — Après? me répondit-il d'une voix

IL A ÉTÉ TUÉ RAIDE...

rauque, avec un méchant regard. Est-ce que tu vas aussi m'embêter avec ça, toi, comme Catherine et Camille?... Le garçon fera comme les autres, il servira la patrie... Parbleu ! je sais bien ce qui les chiffonne, ma femme et mon fils... Si j'étais mort, il ne partirait pas... Mais, tant pis pour eux ! je suis encore solide au poste et Camille n'est pas fils de veuve.

» Fils de veuve !... Ah ! monsieur le curé pourquoi a-t-il eu le malheur de dire ce mot-là? La mauvaise pensée m'est venue tout de suite, et elle ne m'a pas quitté pendant toute cette matinée où j'ai travaillé côte à côte avec ce malheureux.

J'ai imaginé ce qu'allait souffrir, la pauvre Catherine, quand elle n'aurait plus son garçon pour la nourrir et la protéger et qu'elle resterait toute seule avec ce misérable ivrogne, tout à fait abruti maintenant, devenu féroce, capable de tout... Onze heures sonnèrent à une horloge voisine, et les compagnons descendirent tous pour déjeuner. Nous étions restés les derniers, Philippe et moi ; mais, en s'engageant sur l'échelle pour descendre à son tour, ne voilà-t-il pas qu'il me regarde en ricanant et qu'il me dit avec sa voix éraillée par le fil-en-quatre :

» — Tu vois, on a toujours le pied marin... Camille n'est pas près d'être fils de veuve, va !

» Alors je reçus au cerveau comme un coup de sang et de colère ! Je saisis dans mes deux mains les montants de l'échelle à laquelle Philippe s'accrochait en criant : « A moi ! » et, d'un seul effort, je la fis basculer dans le vide !...

» Il a été tué raide et l'on a cru à un accident, mais maintenant Camille est fils de veuve et il ne partira pas !...

» Voilà ce que j'ai fait, monsieur le curé, et ce que j'avais besoin de dire à vous et au bon Dieu ! Je m'en repens et j'en demande pardon, c'est clair... mais il ne me faudrait pas voir passer Catherine, dans sa robe noire, toute heureuse au bras de son fils ; je serais capable de ne plus regretter mon crime... Pour éviter ça, j'émigrerai, je m'embaucherai pour l'Amérique. Quant à la pénitence... tenez, monsieur le curé, voici la jeannette d'or que Catherine m'a refusée quand elle m'a avoué qu'elle était amoureuse de Philippe ; je l'avais toujours gardée, en souvenir des seuls bons jours que j'aie eus dans ma vie... Prenez-la et vendez-la... l'argent sera pour les pauvres.

*
* *

Jacques se releva-t-il absous par l'abbé Faber? Ce qui est certain, c'est que le vieux prêtre n'a pas vendu la jeannette d'or. Après en avoir versé le prix ou à peu près dans le tronc de l'église, il a suspendu le bijou, comme un *ex-voto*, sur l'autel de la chapelle de la Vierge, où il va souvent prier pour le pauvre maçon.

SCÉNARIO

J'ai vu autrefois, dans une table d'hôte de la rue du Dragon, où je déjeunais souvent avec un étudiant en droit de mes amis, l'un des fous ou des imposteurs qui se sont fait passer pour Louis XVII.

C'était un vieillard d'assez haute taille, sec et maigre, au teint vineux, au nez suffisamment bourbonien, à qui son poil blanc de vieux sanglier donnait un faux air de ressemblance avec le populaire Béarnais du Pont-Neuf. Signe particulier : il était amputé d'un bras, et la manche de sa décente redingote noire était proprement repliée sous son aisselle. Je crois que ce bonhomme, dont la mort a été signalée, en son temps, par plusieurs journaux, était plutôt un insensé qu'un fripon, car son visage respirait l'honnêteté et la franchise. Bien qu'il fût facile, m'a-t-on dit alors, de lui faire raconter ses infortunes de Dauphin méconnu en lui offrant une demi-tasse, je n'eus jamais cette curiosité, et aucun des jeunes gens qui prenaient leurs repas à la table d'hôte

de la rue du Dragon ne céda au cruel caprice de s'amuser du pauvre vieux. Ils le traitaient tous avec les égards dus à son âge et, par cet instinct naturel qui fait que les Orientaux considèrent les fous comme sacrés, ils n'excitaient jamais et respectaient au contraire sa démence. Ayant imité leur réserve, j'ai donc vu seulement, et non connu, ce soi-disant Roi très chrétien, ce prétendu Fils aîné de l'Église, qui tant de fois, en ma présence, a chipoté ses œufs brouillés au fromage et trempé dans le dernier verre de bordeaux de sa demi-bouteille un biscuit à la poussière.

Mais le seul aspect de ce vieillard qui se donnait pour l'auguste martyr du Temple, devait forcément faire rêver un jeune poète, attiré déjà par les décevantes aventures du théâtre, et ce faux Dauphin, que le hasard mettait sur ma route, me fit concevoir, à cette époque, un sujet de drame, dont, selon toutes probabilités, je ne tirerai jamais parti, mais que j'ai le

caprice d'esquisser à grands traits aujour-
d'hui.

*
* *

Un gentilhomme, ami personnel du
comte de***, a fait la campagne d'Amérique et adopté les idées libérales que
l'armée de La Fayette rapporta dans les
plis de son drapeau. La Révolution éclate,
il s'y jette d'abord à corps perdu ; mais
bientôt les excès le dégoûtent et l'épou-
vantent, il se retire, et le Feuillant ne
devient pas un Jacobin. Pourtant, tout
en ayant horreur des violences du parti
populaire, il déplore la politique incer-
taine ou perfide de la Cour ; la fuite à
Varennes l'indigne, et, au Dix Août, il
n'est pas, l'épée à la main, sur l'escalier
des Tuileries.

Mais la captivité, le jugement, la mort
du Roi, celle de la Reine surtout, emplis-
sent de remords cette âme scrupuleuse ;
il se reproche, lui noble, resté, dans le
fond de son cœur, fidèle à la cause royale,
ses doutes et ses hésitations, et, pour
expier son inaction passée, il forme le
projet, il se donne la mission de délivrer
l'enfant royal, retenu prisonnier au Temple.

Il y réussit. Les moyens romanesques
employés pour l'évasion importent peu.
On en trouvera plusieurs, et l'on n'aura
que l'embarras du choix, dans les chi-
mériques récits de Mathurin Bruneau,
d'Hervagault, du baron de Richemont,
de Naundorff, etc. Le comte de*** par-
viendra-t-il à enlever le Dauphin dans un
cheval de carton, artifice renouvelé des
Grecs et de la prise de Troie? Substituera-
t-on au roi Louis XVII un enfant idiot,
sourd et muet, qu'on laissera dans son
cachot? Toutes ces folies ont été racon-
tées, comme des événements très vrai-
semblables, par de graves historiens, par
M. Louis Blanc lui-même, si je ne me
trompe. Le dramaturge a bien le droit de
les admettre et d'en faire son profit.

Donc voilà l'enfant délivré, mais dans
quel état lamentable ! Les barbares trai-
tements auxquels il a été soumis par ses
bourreaux l'ont amené au dernier degré
de l'état que les hommes de science appel-
lent la misère physiologique. Tout son
corps n'est qu'une plaie ; il ne parle plus,
et, détail essentiel, sa raison est égarée
et il a perdu la mémoire.

Son sauveur, après avoir mis le Dauphin en lieu sûr et l'avoir entouré de
soins dévoués, se demande ce qu'il doit
faire. Rendra-t-il le jeune prince à ses
parents? Aux yeux de l'ancien compagnon d'armes de La Fayette, du gentilhomme libéral, les frères de Louis XVI
font une guerre impie à la France en la
combattant avec les étrangers ; si l'enfant leur était remis, ils le nourriraient
certainement des préjugés de l'Ancien
Régime, et, s'il devait un jour monter
sur le trône, il serait un mauvais roi.
Alors le rêveur, l'idéologue, conçoit un
dessein étrangement hardi : garder l'enfant, s'enfuir avec lui en Amérique,
profiter de sa folie momentanée pour lui
faire croire, quand son intelligence se
réveillera, qu'il est le fils d'un humble
colon, lui donner la saine et vigoureuse
éducation du travail et de la pauvreté,
et plus tard, lorsque les circonstances
l'exigeront et le permettront, lui révéler
le secret de sa naissance et lui dire :

— Tu croyais être simple citoyen dans
un pays libre?... Eh bien, tu es 'e Roi de
France? Va régner sur ton peuple et
donne-lui la liberté !

Il est bien entendu, — on ne fait pas de
mélodrame sans une ficelle, sans une
« croix de ma mère » quelconque, — qu'il
existe une preuve matérielle, indéniable,
de l'identité du Dauphin ; et, puisque
nous nous lançons dans la fantaisie, que
diriez-vous de trois fleurs de lys tatouées
sur son bras par le comte de***, qui serait
parvenu à porter ce fait à la connaissance
de Madame Royale, la sœur et la compagne de captivité de Louis XVII?

Le comte de*** mène à bien sa singulière entreprise. Après avoir prévenu les
Princes de l'évasion et du nouveau sort
de leur neveu, il parvient à s'embarquer
à Nantes avec l'enfant malade, passe en
Amérique et s'établit à la Louisiane, où
il achète une petite plantation avec les
derniers rouleaux de louis qui restent
dans sa ceinture de fugitif. Là, le jeune
prince, après une longue convalescence,
se rétablit ; et, comme pour aider le comte
dans ses projets, des lacunes subsistent
dans la mémoire de l'enfant, qui ne garde
de son passé qu'un terrible mais très con-
fus souvenir.

Les années s'écoulent, et, tandis que
là-bas, sur le vieux continent, Napoléon
bouleverse et rebouleverse la carte d'Europe, le fils de Louis XVI devient un

beau, fier, intelligent et courageux jeune homme ; et son soi-disant père, le gentilhomme planteur, qui veille chaque soir, dans sa maison de planches, sur l'*Émile* de Rousseau, soumet son élève au régime d'une éducation libérale et philosophique.

La nouvelle des désastres de la Grande Armée en Russie, celle de la bataille de Leipzig, inspirent au comte de*** de graves réflexions. Il prévoit que l'Empire va s'écrouler et il sent approcher l'heure où il devra livrer au Dauphin le secret de sa royale origine. Une maladie le surprend alors, une maladie mortelle ; il rédige pour son ancien ami, pour le comte de Provence, devenu Louis XVIII, une missive solennelle qu'il signe et timbre de ses armes, et, sentant venir l'agonie, il fait des aveux complets au jeune homme stupéfié, lui remet la lettre et meurt.

Hein? Quelle scène ! Et le monologue auprès du cadavre? Vous les devinez, et rien ne s'oppose, n'est-ce pas? à ce que l'auteur répande ici des torrents d'éloquence. Mais je ne trace qu'un scénario sommaire, qu'un plan écrit au courant de la plume, et je suis forcé de précipiter les événements.

Débarqué au Havre dans les derniers jours du mois de mars 1814, le jeune prince arrive à Paris en même temps que les alliés, et c'est à la barrière Clichy, derrière la queue et les ailes de pigeon du vieux Moncey, que nous le retrouvons, un fusil à la main. Car au bruit du canon, qu'il croit entendre pour la première fois, il n'était qu'un enfant, au Dix Août, il obéit à son instinct de patriote, et l'un des derniers coups de feu qui défendent l'Empereur est tiré par le chef de la maison de France !

C'est un « effet », comme on dit en argot de théâtre, ou je ne m'y connais pas.

Grièvement blessé à l'affaire de Clichy, le jeune homme est recueilli et soigné dans une famille parisienne, et la fille de la maison... Mais il suffit ; vous voyez poindre l'intrigue d'amour. Quand il est remis sur pied, tout est dit : la Restauration est faite, Louis XVIII sur le trône, et l'Ancien Régime rétabli, ou à peu près. Mon Bourbon libéral ne souffrira pas cela; il se fera reconnaître de son oncle, réclamera ses droits et ouvrira pour son peuple une ère d'indépendance et de prospérité.

Je vous préviens que je vais déshonorer Louis XVIII et lui attribuer un « troi-sième rôle », un rôle de traître ; mais les auteurs dramatiques sont sans pitié et sacrifieraient père et mère à une situation.

Nous voici arrivés à la scène entre Louis XVII et Louis XVIII, à la scène capitale, à la « scène à faire », comme dit notre ami Sarcey.

Le Roi ne peut pas douter de la bonne foi du jeune homme qui est devant lui. Il a jadis été prévenu par le comte de*** de l'évasion du Dauphin et, dans la lettre qu'on lui présente, il reconnaît bien, non seulement l'écriture, mais les idées de son ancien ami. Donc, le plan du comte a réussi ; il rend à la France un prince qui a pardonné à la Révolution; qui en a accepté, qui en appliquera les principes. Tout en frémissant à cette pensée, Louis XVIII a d'abord un mouvement vraiment royal. Il veut obéir à la loi essentielle de la monarchie héréditaire, et cette couronne, qu'il a si longtemps désirée, attendue, il la déposera aux pieds du chef de la dynastie. Si cruel que soit le sacrifice, il l'accomplit ; il ouvre ses bras à son neveu, et, après une longue étreinte, il le traite avec le plus profond respect, lui dit « Sire » et « Votre Majesté », et, se tenant debout sur ses jambes de podagre, il l'oblige à s'asseoir devant lui, dans son fauteuil royal.

Mais ce n'est qu'un éclair d'attendrissement et de générosité. L'ambitieux, le rusé politique ne tarde pas à reparaître. S'autorisant de son âge et de sa parenté, il interroge le jeune homme, lui offre des conseils, lui demande quels sont ses projets. En quelques mots, Louis XVII expose sa politique ; il donnera toutes les libertés, accomplira toutes les réformes. Alors le vieux Bourbon, sincèrement convaincu d'ailleurs qu'il perdra la France en la livrant à ce révolutionnaire, conçoit une pensée coupable :

— Ainsi, dit-il au jeune prince, car la discussion s'est échauffée, votre idéal est celui des assassins de votre famille et du Roi-Martyr qui fut votre père?

— Je me souviens seulement, répond le Dauphin, de la parole qu'il a prononcée sur l'échafaud et que le roulement des tambours de Santerre n'a pu étouffer : *Je pardonne à mes ennemis !*

C'en est trop ! Le vieux roi jette au feu la lettre du comte de***, seule preuve de l'identité de son neveu, et lui adresse ces horribles mots:

IL INTERROGEA LE JEUNE HOMME.

— Le Dauphin est mort prisonnier au Temple... Je ne vous connais pas... Vous êtes un faussaire ou un aliéné... Sortez, ou je vous fais mettre dehors par les laquais !

Indigné d'un déni de justice aussi audacieux, aussi criminel, le prince veut lutter. Impossible ! Enfin, après les Cent-Jours, et ayant eu à surmonter bien des obstacles, il parvient jusqu'à sa sœur, cette Madame Royale qui partagea sa captivité et qui est devenue la duchesse d'Angoulême. Elle est fort émue par le visage bourbonien du jeune homme, par les trois fleurs de lis tatouées sur son bras ; mais ce ne sont pas là des preuves positives, et, pour jeter le trouble dans l'esprit de la duchesse, un ordre du Roi à la police secrète multiplie les Faux-Dauphins. Enfin, las d'être confondu avec des fous et des intrigants, dégoûté, découragé, le malheureux renonce à la lutte et rentre dans une obscurité où il est consolé du moins par l'amour d'une humble et tendre femme, de qui le trône l'eût séparé à jamais.

Mais ce n'est pas le dénouement ; il est, je vous prie de le croire, un peu plus corsé que cela. Ce dénouement, ou plutôt cet épilogue a lieu sur une barricade, dans une rue de Paris, en juillet 1830, et là, le chef de la maison de Bourbon, Louis XVII, roi de France et de Navarre, se fait tuer pour les droits du peuple, en criant : « Vive la République ! »

*
* *

Tel est le « très horrifique » mélodrame que m'inspira, vers l'âge de vingt ans, la vue du pauvre vieux manchot qui mangeait si piteusement ses œufs brouillés à la table d'hôte de la rue du Dragon. Je trouvais jadis ce plan superbe ; aujourd'hui j'ai moins de confiance.

Je croyais alors un peu, comme on a pu le voir, aux idées révolutionnaires et aux œuvres d'imagination pure. Depuis lors, j'ai bien changé. Je considère les choses de la politique avec un indulgent scepticisme, et, rare exception parmi mes contemporains, je n'ai dans ma poche aucune Constitution, destinée à assurer le bonheur du peuple français. Quant aux inventions arbitraires et compliquées des romans-feuilletons et des pièces du Boulevard du Crime, je les vénère sans doute ; mais je les donnerais toutes bien volontiers pour une seule page écrite en bonne et solide prose ou, ce qui vaut mieux, pour quelques beaux vers.

De plus, la légende des Dauphins s'est effondrée ; mon savant ami, M. de Chantelauze, est en train d'en démolir les dernières ruines. Je renonce donc à écrire mon *Louis XVII*, qui d'ailleurs ressemble trop aux *Faux Smerdis* et aux *Faux Démétrius* des tragiques abolis du siècle dernier.

C'est assez dire que, si un jeune auteur dramatique, envieux de la gloire de M. Adolphe d'Ennery, voulait développer ce scénario et le faire siffler au théâtre des Nations, je serais coulant sur la question des droits d'auteur.

LE SOIR

D'AUTOMNE

Être aimé n'est que doux, il faut aimer pour avoir l'illusion du bonheur ; et nul ne sait mieux cette vérité que le célèbre musicien Michel Paz, le seul auteur de valses qu'on puisse nommer après Chopin. Si l'on connait quelques-unes de ses bonnes fortunes, ce n'est pas par son indiscrétion, ce délicat artiste est le moins fat des hommes, mais par la publicité qu'elles ont eue, malgré lui ; et les plus flatteuses sont restées ignorées de tous. Quand le blond Slave aux yeux noirs s'assied au piano et dégante lentement ses belles mains pâles, les femmes le regardent avec un battement de cœur et se rappellent l'histoire de cette belle jeune fille russe, doucement repoussée par lui, qui s'est tuée, à Nice, en s'attachant sur le nez et sur la bouche une poignée d'ouate trempée dans du chloroforme ; mais elles ne se doutent pas que le chiffre du fin mouchoir auquel le compositeur s'essuie les doigts avant de préluder, a été brodé avec les cheveux d'une altesse.

Michel Paz a refusé les deux millions de dot de la jeune Russe comme il s'est dérobé là-bas, dans le Nord, au royal adultère qui s'offrait à lui. Il a fait cela sans aucun mérite, il n'aimait pas. Mais que de fois n'a-t-il pas cédé, cet homme d'imagination voluptueuse et mélancolique? A combien de femmes n'a-t-il pas abandonné sa vie, rarement par vanité, assez souvent par caprice du désir, presque toujours par surprise, par attendrissement du cœur, hélas ! jamais par amour.

Et pourtant, si ! Il a été amoureux pour de bon, jadis, il y a bien longtemps, lorsqu'il courait le cachet à travers les boues de Paris et qu'il était, le soir, timbalier à l'Ambigu.

Ah ! le triste, l'horrible amour ! Pour une actrice de dixième ordre, pour une fille entretenue ! Avec toutes les hontes et tous les dégoûts du partage, avec les jalousies impuissantes et rageuses de l'amant pauvre, à qui la comédienne, aux heures d'indulgence, jetait de sa voix menteuse, comme un os à ronger, cette phrase qui le crucifiait :

— Qu'est-ce que ça peut te faire puisque je n'aime que toi?

Il a brisé cette chaîne après plusieurs années d'esclavage, au moment où la gloire lui souriait, et où sa *Valse des Nixes* entraînait en même temps dans son rythme tourbillonnant les femmes en robes de cour sur le parquet ciré de Compiègne et les grisettes en toilettes de deux sous sur les planches poussiéreuses de l'Élysée-Montmartre. Depuis lors, il est devenu le fameux Michel Paz ; il a parcouru l'Europe en donnant des concerts et il a rapporté pêle-mêle au fond de sa malle, des billets doux dans toutes les langues et des ordres de tous les pays. Mais ayant sucé dans sa jeunesse un lait amer et fortifiant aux mamelles de la bonne nourrice Pauvreté, il est demeuré un homme simple et sans sottise. Il ne porte jamais sa brochette, et, quand il relit ses vieilles lettres d'amour et qu'il revit par le souvenir toutes ces liaisons d'un an ou d'un jour, dans lesquelles s'est usée sa vie, il se rappelle souvent, avec un regret dont il rougit, les soirs d'hiver où, après le spectacle, pauvre musicien de théâtre, il courait se poster, dans la rue basse, près de l'entrée des artistes, les pieds dans la boue, attendant cette femme qui, les trois quarts du temps, s'en allait au bras d'un autre homme, et qu'il avait aimée pourtant, aimée à en vouloir mourir.

« Il n'y a de bonheur que pour celui qui aime », se dit alors Michel, en proie au spleen cruel du libertin sentimental, et il sent monter à ses yeux la larme qui ne coule pas, la larme rare et douloureuse des gens nerveux.

*

* *

C'est dans cet état d'âme que, l'an dernier, chassé des bains de mer par le mauvais temps, Michel Paz se trouvait à Paris, dans le Paris désert du mois de septembre.

Un jour que, selon son habitude, il flânait sans savoir où, en poursuivant une mélodie rebelle, il fut réveillé en sursaut par le martial accord d'un orchestre de cuivres, et il s'aperçut que le hasard de la promenade l'avait mené jusqu'au Luxembourg, près de la fontaine Médicis, où la musique militaire donne en été, vers cinq heures du soir, des concerts en plein vent.

La brutale fanfare avait chassé sa rêverie. Il alla jusqu'à la terrasse voisine, s'accouda à la balustrade, admira le vieux palais italien, le bassin où glissaient deux cygnes, les promeneurs marchant le long des boulingrins, le beau ciel pommelé et truité de l'arrière-saison ; puis, tout à coup, il vit à deux pas de lui, assise sur une chaise de paille, une jeune femme qui le regardait avec une attention singulière.

Une fine et charmante blonde, à teint de rousse, avec des yeux d'or et un joli nez droit, aux narines passionnées. Et quel air sage et décent dans sa correcte toilette, chapeau et corsage de velours bleu et jupe d'étoffe anglaise à carreaux ! Et quelle grâce dans le geste de son bras un peu grêle, ganté de suède jusqu'au coude, et de sa main posée sur la béquille de porcelaine de son en-tout-cas !

Au premier coup d'œil de Michel, la jeune femme rougit, honteuse de sa curiosité surprise. Mais le musicien avait mis son chapeau à la main.

— Aurais-je eu le plaisir de vous voir déjà, madame, et aurais-je eu le malheur de ne pas vous reconnaître?

Elle devint pourpre de confusion et murmura, en baissant les yeux :

— Non, monsieur, vous ne me connaissez pas... C'est moi qui vous connais.

Il s'assit auprès d'elle ; on causa. Elle l'avait vu, il y avait trois ans, une seule fois, au concert Colonne, le jour où il avait conduit lui-même sa *Suite d'orchestre*. Et Michel, flatté, rapprochait sa chaise. Comment! elle ne l'avait vu qu'une seule fois et elle ne l'avait pas oublié. Qui donc était-elle? Oh ! rien d'extraordinaire. Elle s'appelait Lucie ; elle demeurait tout près, rue Gay-Lussac, avec sa sœur qui était veuve, sa sœur aînée qui avait toujours été une personne très sérieuse et à qui elle abandonnait l'éducation de son petit garçon. Un enfant? elle était donc mariée? Nouvelle rougeur. Non, elle n'était pas mariée ; et les confidences devenaient plus intimes. Elle voyait toujours celui qu'elle appelait « le père de son petit garçon », mais plus rarement maintenant, en ami. Elle n'avait

— AURAIS-JE EU LE PLAISIR DE VOUS VOIR...

pas toujours été sage, mais c'était fini : elle allait avoir vingt-quatre ans, elle était une vieille femme, et elle aimait mieux vivre tranquille avec sa sœur, sur leurs petites rentes, et aussi en travaillant un peu, — toutes les deux avaient appris les modes, — et elle venait quelquefois au Luxembourg écouter la musique militaire, en attendant l'heure d'aller chercher son gamin, qui était dans un externat de la rue Royer-Collard.

Elle parlait ainsi, avec une naïve et presque enfantine confiance, d'une voix douce et sourde, les yeux baissés et en dessinant des ronds dans le sable du bout de son ombrelle. Michel l'écoutait, souriant, tout étonné de prendre un intérêt attendri à cette banale histoire, et il éprouvait un sentiment triste en remarquant la légère flétrissure des tempes de la jeune femme, où l'été qui venait de finir avait mis, sur cette délicate peau de blonde, quelques faibles taches de rousseur.

Comment un homme à bonnes fortunes tel que Michel Paz s'arrêta-t-il à cette aventure quelconque? Par l'inconséquence du prodigue qui vient de dissiper une fortune et qui se baisse pour ramasser une épingle. Mais le lendemain, le surlendemain, il revint au Luxembourg, il revit Lucie ; elle lui avoua que le jour où elle l'avait vu au concert Colonne, il lui avait plu, oh ! mais plu ! et que, l'autre fois, quand il s'était accoudé, tout près d'elle, à la balustrade, il l'avait regardé, bien qu'elle fût perdue d'émotion, dans l'espérance qu'il lui parlerait.

Le roman, ainsi commencé, devait arriver bien vite à la page où se trouvent toujours trois lignes de points suspensifs et qui fait tomber en langueur les pensionnaires qui la lisent en cachette. Mais, où Michel le dédaigneux, le blasé, n'avait espéré d'abord qu'une insignifiante fantaisie, il goûta un plaisir qui le surprit.

C'était si bon cet amour qu'il n'avait qu'à accepter, cet amour sans coquetterie, sans marchandage, cet amour-peuple, simple comme un instinct ! Michel demeurant avec sa mère, et Lucie avec sa sœur, leurs premières intimités eurent pour théâtre une affreuse chambre d'hôtel attristée par l'acajou et le damas grenat, avec un lit à bateau et une gravure style troubadour, représentant un chevalier armé de toutes pièces en train d'écrire avec sa dague un nom de femme sur l'écorce d'un hêtre. Mais, dans ce vulgaire asile, Michel, malgré ses trente-cinq ans et ses nombreuses campagnes dans la galanterie, avait senti son cœur battre, oh ! comme il y avait longtemps que cela ne lui était arrivé ! en attendant l'heure de l'arrivée de Lucie, les yeux fixés sur la pendule, où un Galilée en zinc bronzé montrait du doigt une mappemonde. Quels gentils déjeuners ils avaient faits, assis à côté l'un de l'autre sur le divan aux ressorts énervés, et quelle douce minute lorsque, au dessert, les serviettes jetées sur la table, Lucie se serrait, timide, contre l'épaule de Michel et, prenant délicatement la main de l'artiste, qui lui paraissait un être supérieur, un demi-dieu, qu'on ne devait toucher qu'avec précaution, elle la portait à ses lèvres et la couvrait de baisers rapides, légers, presque respectueux !

Michel Paz s'abandonnait à cet amour, qui le chatouillait jusque dans les coins les plus secrets de son cœur. Il lui arrivait de penser à Lucie très souvent, aux moments les plus inattendus. Il se rappelait tout à coup un vrai mot d'amoureuse qu'elle lui avait dit : « Donne-moi nos rendez-vous d'avance, pour que j'aie bien le temps d'y penser ! » et, la bouche entr'ouverte par un involontaire sourire de bonheur, il songeait au joli nez droit de sa maîtresse, et surtout à sa manière ardente de serrer les dents, quand, l'étreignant de toutes ses forces, elle lui disait, comme à un petit chat, de sa voix basse et passionnée : « Mon mini ! »

— Mon Dieu ! s'écria-t-il un jour subitement est-ce que je l'aimerais? Est-ce que je l'aime?...

Hélas ! il ne voulut pas entendre en lui une voix secrète, une voix ironique, qui protestait tout bas ; et, comme le ciel d'octobre était pur, il y avait un mois, tout de même, qu'il connaissait Lucie, il résolut, l'homme à femmes, qui avait fait rêver des princesses, de donner à la pauvre fille une fête d'amour et de passer avec elle une journée entière à la campagne.

*
* *

Il fallait partir de bonne heure, si l'on voulait arriver pour le déjeuner dans ce village sur la lisière d'un bois, au nord de Paris, qu'environnait un si beau pays de forêts et d'étangs. Mais il la trouva, arrivée la première à la gare, debout auprès du guichet, son sac de voyage à ses pieds, toujours avec son petit air si sage et si raisonnable. Ils étaient seuls dans le wagon, quel baiser ! seuls aussi dans l'omnibus de la correspondance du chemin de fer, qui les emporta au grand trot sur une route bordée de poiriers ; et Lucie riait de joie, Parisienne grisée par l'air vif, et criait : « Il fera beau ! » en voyant se dissiper la brume dorée du matin et apparaître au loin, dans la campagne, les clochers pleins de bonhomie.

Au bout d'une heure, la voiture sauta sur les pavés du village ; elle longea le mur d'un parc, au-dessus duquel débordaient des masses profondes de verdure. Ils virent passer rapidement, par la portière, une cible de chaume pour tirer de l'arc, une fontaine du dernier siècle, toute vermiculée et ornée de son distique latin. Puis l'omnibus s'arrêta ; ils étaient arrivés.

Ils entrèrent à l'auberge, qui faisait l'angle d'une ruelle et était aussi le bureau de tabac ; ils posèrent sur le vieux billard bagages et manteaux, et bien vite, pour ne pas perdre une heure de la belle journée, ils déjeunèrent au fond du jardin, sous la tonnelle de vigne vierge couleur de sang, où un rayon dorait la toile d'une grosse araignée d'automne. « Servez-nous tout de suite ! N'importe quoi? Une omelette ! et de ce joli vin blanc qu'il ne faut boire qu'au soleil ! » Et Lucie, ayant des moustaches de fromage à la crème, regardait Michel avec des yeux frisés de plaisir et lui disait :

— Quelle bonne idée que tu as eue, mon mini, et que je t'aime !

Houp ! en route pour la forêt. Il faut se dépêcher, car en octobre la nuit vient vite. Et les voilà partis par un chemin sous les arbres, humide et sombre, où l'on marche dans les feuilles pourries ; mais, sur leurs têtes, les étincelles criblent les branches et, par les éclaircies, on voit de l'azur. Croua! croua! puis un bruit d'ailes. C'est une bande de corbeaux qui s'envolent ; et de temps en temps, loin, très loin, éclate le coup de fusil d'un chasseur. Ils vont, les Parisiens ! ils aspirent la senteur des bois. « Vois donc, des bruyères encore roses ! » Et Lucie s'agenouille pour glaner les dernières petites fleurettes, et Michel, le feutre en arrière, décapite

avec sa canne les gros champignons, verts de poison, au pied des chênes.

Il s'attarde, parfois, pour voir la jeune femme aller, tout heureuse, devant lui. Qu'elle est fine et mignonne dans sa robe brune ! Comme elle marche bien, et quelle taille de déesse du Primatice ! Mais voilà qu'elle s'arrête encore sur le bord du chemin ; elle se retourne pour appeler son compagnon : « Ah ! des noisettes ! », et elle est si gracieuse en se penchant pour les cueillir, qu'il accourt, qu'il l'enlace et qu'il la baise longuement sur la nuque, dans les frisons d'or.

— Ah ! mon mini, tu m'as fait peur!

Ils courent ainsi tout le jour, descendant les chemins creux où l'écho répète leurs rires, s'encourageant de la voix à grimper les sentiers de chèvres, dans les rochers, où le pied glisse sur les aiguilles de pin, devenant tout à coup silencieux sous la solennité des hautes futaies ; et, quand il s'arrête devant un point de vue, elle s'appuie sur son bras, un peu lasse et comme ivre.

Enfin, le soir les surprend près du grand étang.

Lucie s'est assise sur un orme renversé, et Michel est à ses pieds, couché dans la mousse et la tête posée sur les genoux de son amie, qui a ôté l'un de ses gants et lui caresse les cheveux.

L'heure est exquise. Pas une brise, pas un nuage. Le calme soleil descend dans un ciel pareil à du lait qui serait bleu, et le paisible étang, comme un miroir d'acier reflète les grands arbres immobiles.

Michel se sent envahir par un attendrissement sans limites ; il lui semble que tout son passé n'existe plus et qu'il n'y a jamais eu dans sa vie que cette minute. Son cœur blasé qu'a rajeuni un instant la nature, son cœur, comme une rose tardive, fait un effort pour s'ouvrir. Il appuie sur le poignet de Lucie un long, un tendre baiser et, pour la première fois, il prononce le mot que, dans sa noble horreur du mensonge, il n'a pas dit depuis tant d'années :

— Je t'aime !

Mais, à ce moment précis, le soleil plonge de l'autre côté de l'étang, derrière la ligne noire des sapins, Tout à la fois, l'eau, le ciel, les arbres et le cœur de cet homme, hélas ! tout à la fois se refroidit. Lucie, qui regarde son amant dans les yeux, y voit passer ce frisson, et, avec le besoin de vérité des simples et la calme résignation des humbles, elle lui répond de sa voix sourde et comme brisée :

— Non, *mon mini*, vous ne m'aimez pas... C'est moi qui vous aime !

**

Lucie aime toujours Michel, qui se laisse aimer. Mais si la reprise en mineur du motif de sa dernière valse exprime un sentiment de douleur désespérée, c'est que le musicien a traduit dans ces quelques notes les tristes mots prononcés par la jeune femme au bord de l'étang, après le soleil couché ; et c'est aussi pourquoi cette valse, qu'on ne peut entendre sans que les larmes viennent aux yeux, est intitulée : *Le soir d'automne.*

LA VIEILLE TUNIQUE

A l'époque où j'étais expéditionnaire dans les bureaux du ministère de la guerre j'avais pour collègue et pour camarade de pièce un nommé Jean Vidal, ancien sous-officier, amputé du bras gauche pendant la campagne d'Italie, mais à qui restait encore sa main droite, sa « belle main » de fourrier, avec laquelle il exécutait des merveilles calligraphiques en ronde, en bâtarde, en gothique, et dessinait, d'un seul trait de plume, un petit oiseau dans le paraphe de sa signature.

Un digne homme, ce Vidal ! Le type du vieux soldat, probe et pur. Bien qu'il eût à peine quarante ans et que de rares poils gris apparussent dans sa barbiche blonde d'ancien zouave, déjà nous l'appelions tous, au bureau, le père Vidal, mais avec moins de familiarité que de respect ; car nous connaissions sa vie d'honneur et de dévouement, là-bas, dans son petit logement à bon marché, au fond de Grenelle, où il avait recueilli une sœur à lui, veuve avec une ribambelle d'enfants, et

où il entretenait tout ce petit monde sur son maigre budget, c'est-à-dire l'argent de sa croix, de sa pension et de ses appointements. Trois mille francs pour cinq personnes ! N'importe, les redingotes du père Vidal, ces redingotes dont la manche gauche, la manche vide, s'attachait au troisième bouton, étaient toujours brossées comme pour la revue du général inspecteur, et le brave homme prenait tellement au sérieux son ruban rouge, toujours frais, qu'il le retirait de sa boutonnière quand il portait un paquet dans la rue, quelque paire de bottes de chez Latour, rue Montorgueil, ou quelque pantalon de fatigue, acheté le matin à la Belle-Jardinière.

Comme je demeurais alors, moi aussi, dans la banlieue du sud de Paris, je faisais route assez souvent, pour m'en retourner chez moi, avec le père Vidal, et je m'amusais à lui faire raconter ses campagnes, tout en cheminant par ce quartier de l'École-Militaire, où l'on rencontrait alors à chaque pas, c'était dans les dernières années de l'Empire, les beaux uniformes de la garde impériale, guides verts, lanciers blancs, et ces sombres et magnifiques officiers d'artillerie, noir et or, un costume sous lequel cela valait la peine de se faire tuer.

Quelquefois, par les chaudes soirées d'été, j'offrais l'absinthe à mon compagnon, douceur que le pauvre Vidal se refusait par économie, et nous nous arrêtions une demi-heure devant le café d'officiers de l'avenue de La Motte-Picquet. Ces jours-là, l'ancien « sous-off », qui était devenu le plus sage des pères de famille et avait perdu l'habitude du « perroquet », se levait de table avec un coup d'ivresse héroïque dans le cerveau et j'étais bien sûr d'entendre, pendant le reste de la route, quelque belle histoire de guerre.

*
* *

Un soir, je crois, Dieu me pardonne, que le père Vidal avait bu deux verres d'absinthe ! — voilà qu'en longeant l'horrible boulevard de Grenelle, il s'arrêta brusquement devant la devanture d'un fripier militaire, comme il y en a beaucoup dans ce quartier-là. C'était une sale et sinistre boutique, montrant dans sa vitrine des pistolets rouillés, des sébiles pleines de boutons, des épaulettes d'or rougi, et devant laquelle étaient suspendues, parmi des haillons sordides, quelques vieilles tuniques d'officiers, pourries sous la pluie et rongées par le soleil, mais qui, conservant le pincement de la taille et la carrure des épaules, avaient encore on ne sait quel aspect presque humain.

Vidal, me saisissant le bras de sa seule main et tournant vers moi ses regards un peu ivres, leva son moignon pour désigner une de ses défroques, une tunique d'officier d'Afrique, avec la jupe à cent plis et le triple galon d'or grimpant sur la manche et faisant un huit, à la houzarde.

— Tenez, me dit-il, voilà l'uniforme de mon ancien corps... une tunique de capitaine.

Et, s'étant approché pour examiner la loque de plus près, il lut le numéro gravé sur les boutons et reprit, enthousiasmé.

— C'est de mon régiment... C'est du premier zouaves !

Mais, tout à coup, la main du père Vidal, qui avait déjà saisi la jupe de la vieille tunique, resta immobile, son visage s'assombrit, ses lèvres tremblèrent et, baissant les yeux, il murmura, avec un accent d'épouvante :

— Mon Dieu ! si c'était la *sienne* !

Puis, d'un geste brusque, il retourna la tunique et je pus voir, au milieu du dos, un petit trou rond dans le drap, un trou de balle, cerné d'une crasse noire qui était sans doute du vieux sang, et ce trou sinistre faisait horreur et pitié, comme une blessure.

— Oh ! oh ! dis-je au père Vidal, qui avait tout de suite laissé retomber le vêtement et s'était remis en route, d'un pas pressé, la tête basse, voilà une vilaine cicatrice !...

Et, pressentant une histoire, j'ajoutai pour exciter mon compagnon à la raconter :

— Ordinairement ce n'est pas par derrière que les capitaines de zouaves reçoivent les balles.

Mais il ne paraissait pas m'entendre ; il marmottait des mots en mordant sa moustache.

— Comment a-t-*elle* pu s'échouer là ? il y a loin du champ de bataille de Melegnano au boulevard de Grenelle... Oui, je sais bien, les corbeaux qui suivent l'armée, les dépouilleurs de cadavres... Mais pourquoi là, justement, à deux pas de l'École-Militaire, où son régiment est caserné, à *l'autre*?... Et *il* a dû passer par ici, *il* a dû *la* reconnaître... Oh ! c'est comme un revenant !

— Voyons, père Vidal, fis-je en lui prenant le bras et violemment intéressé, vous n'allez pas continuer à parler par énigmes, et vous me direz bien quel souvenir vous rappelle cette tunique trouée.

Je crois bien, que sans les deux absinthes, je n'aurais rien su, car, à cette demande, le père Vidal me jeta un regard méfiant, presque craintif ; mais soudain, comme prenant une grande résolution, il me dit d'une voix brève :

— Eh bien, oui, je vous conterai la chose... Aussi bien vous êtes un jeune homme instruit et honnête, j'ai confiance en vous, et, quand j'aurai fini, vous me direz, mais là, bien franchement, la main sur la conscience, si vous me trouvez excusable d'avoir agi comme j'ai agi... Voyons, par où commencer?... Ah ! d'abord, je ne peux pas vous dire son nom, à *l'autre*, puisqu'il vit encore, mais je le désignerai par le sobriquet que nous lui donnions au régiment... *La-Soif*, oui, nous l'appelions La-Soif, et il n'avait pas volé son surnom, étant de ceux qui ne grouillent pas de la cantine et qui sifflent douze petits verres aux douze coups de midi... Il était sergent à la quatrième du second, où j'étais fourrier, et il marchait à côté de moi, en serrefile... Bon soldat, très bon soldat... Ivrogne, chapardeur, aimant les batteries, toutes les mauvaises habitudes d'Afrique... Mais brave comme une baïonnette, avec des yeux bleus et froids comme l'acier, dans sa face tannée à barbe rouge, où l'on voyait bien tout de suite que le particulier n'était pas commode. Au moment où j'étais arrivé du dépôt aux bataillons de guerre, La-Soif venait de finir son congé ; il se rengagea, toucha la prime et tira une bordée de trois jours, pendant lesquels il roula dans les bas quartiers d'Alger, avec quatre ou cinq noceurs comme lui, empilés dans une calèche et portant un drapeau tricolore, où on lisait ces mots : *Ça ne durera pas toujours !* On le rapporta à la caserne, la tête fêlée d'un coup de sabre ; il s'était battu avec des *tringlos* chez une Mauresque, qui avait reçu dans la bagarre un coup de pied dans le ventre, dont elle était morte. La-Soif guérit ; on lui flanqua quinze jours de bloc et on lui retira ses galons. C'était la deuxième fois qu'il les perdait. Sans sa mauvaise conduite, La-Soif, qui était d'une famille bourgeoise et avait reçu de l'instruction, aurait été officier depuis longtemps... Donc, après l'affaire de la Mauresque, on lui reprit ses galons, mais, dix-huit mois plus tard, comme je venais de passer sergent-fourrier, il les avait déjà rattrapés, grâce à l'indulgence du capitaine, vieil Africain qui l'avait vu faire le coup de feu en Kabylie.

« Mais voilà que le vieux est promu chef de bataillon et qu'on nous envoie un capitaine de vingt-huit ans, un Corse nommé Gentile, sorti de l'école, un garçon froid, ambitieux, plein de mérite, disait-on, mais très exigeant dans le service, dur pour les hommes, et vous collant des huit jours de salle de police pour une tache de rouille sur le fusil ou un bouton de moins à la guêtre ; de plus, n'ayant pas encore servi en Algérie, et n'admettant pas du tout, mais pas du tout, l'indiscipline et la *fantasia*. Du premier coup, le capitaine Gentile prit La-Soif en grippe, et réciproquement. Ça ne pouvait pas manquer. La première fois que le sergent ne répondit pas à l'appel du soir, huit jours de bloc ; la première fois qu'il se grisa, quinze jours. Quand le capitaine, un petit brun, raide comme un poil, avec des moustaches de chat effarouché, lui jetait la punition à la face en ajoutant d'un ton sec : « Je sais qui vous êtes, et je vous materai, mon cher ! » La-Soif ne répondait rien et s'en allait d'un pas tranquille du côté de la salle de police ; mais le capitaine se serait peut-être un peu adouci tout de même, s'il avait vu le coup de colère qui rougissait la figure du sergent, dès qu'il avait tourné la tête, et l'éclair de rage qui passait dans ses terribles yeux.

**
* **

« Là-dessus, voilà que l'Empereur déclare la guerre aux Autrichiens et qu'on nous embarque pour l'Italie... Mais il ne s'agit pas ici de la campagne, j'arrive au fait... La veille du combat de Melegnano, où j'ai laissé mon bras, vous savez, notre bataillon campait au milieu d'un petit village, et avant de rompre les rangs, le capitaine nous avait fait un petit discours, il avait raison, le capitaine, pour nous rappeler que nous étions en pays ami qu'il était de notre honneur de nous y bien conduire et que celui qui ferait la moindre peine à l'habitant serait puni d'une façon exemplaire. Pendant qu'il parlait, La-Soif, qui chancelait un peu en s'appuyant sur son flingot, à côté de moi, — il avait vidé, depuis le matin, la moitié du bidon de la cantinière, — haussa légèrement les épaules ; mais, par bonheur, le capitaine ne s'en aperçut pas.

« Au milieu de la nuit, je suis réveillé en sursaut. Je saute de la botte de paille sur laquelle je dormais dans une cour de ferme, et je vois, au clair de la lune, un groupe de camarades et de paysans qui arrachaient des bras de La-Soif, furieux comme un lion, une belle fille, toute dépoitraillée et déchevelée, en train d'invoquer la Madone et tous les saints du paradis. J'accours pour prêter main-forte, mais le capitaine Gentile arrive avant moi. D'un coup d'œil, il avait un vrai regard de maître, le petit Corse, il fait reculer le sergent terrifié : puis, après avoir rassuré la Lombarde par quelques mots qu'il lui dit en italien, il revient se

IL ROULA DANS LES BAS QUARTIERS D'ALGER.

camper devant le coupable et, lui mettant sous le nez un doigt qui tremblait :

» — On devrait brûler la cervelle à des misérables comme vous, lui dit-il. Dès que je pourrai voir le colonel, vous perdrez encore vos galons, et ce sera pour de bon, cette fois... On se bat demain, tâchez de vous faire tuer.

» On se recoucha, mais le capitaine avait dit vrai, et, dès le point du jour, ce fut la canonnade qui nous éveilla. On courut aux armes, on forma la colonne, et La-Soif, jamais ses sacrés yeux bleus ne m'avaient paru plus méchants, vint se placer auprès de moi. Le bataillon se mit en marche. Il s'agissait de déloger les habits blancs qui s'étaient fortifiés, avec du canon, dans le village de Melegnano. En avant, marche ! Nous n'avions pas fait deux kilomètres que, v'lan ! la mitraille des Autrichiens nous prend par le travers et jette par terre une quinzaine d'hommes de la compagnie. Alors, nos officiers, qui attendaient l'ordre de charger, nous font coucher dans le maïs, en tirailleurs ; mais, eux restent debout, naturellement, et je vous assure que ce n'était pas notre capitaine qui se tenait le moins droit. Nous, à genoux dans les épis, nous continuions à tirer sur la batterie qui était à portée. Tout à coup, je me sens pousser le coude, je me retourne et je vois La-Soif qui me regardait, le coin de la lèvre relevé d'un air de blague, et qui armait son fusil.

» — Tu vois bien le capitaine? me dit-il en le désignant d'un geste de la tête.

» — Oui... Eh bien? lui répondis-je avec un regard sur l'officier, qui était debout à vingt pas de nous.

» — Eh bien, il a eu tort de me parler, comme il a fait cette nuit.

» Puis, d'un geste précis et rapide, en deux temps, il épaula son arme, fit feu... et je vis le capitaine, le torse brusquement cambré, la tête jetée en arrière, battre une seconde l'air des deux mains laisser choir son épée et tomber lourdement sur le dos.

» — Assassin ! m'écriai-je en saisissant le bras du sergent.

» Mais il me fit rouler à trois pas de lui, d'un coup de crosse dans la poitrine.

» — Imbécile ! Prouve que c'est moi qui l'ai tué.

» Je me relevai, en fureur; mais tous les tirailleurs se relevaient aussi. Notre colonel, tête nue, sur son cheval fumant,

était là, nous montrant du sabre la batterie autrichienne, et hurlant de tous ses poumons :

» — En avant, les zouaves... A la baïonnette !

» Qu'est-ce que je pouvais faire, n'est-ce pas? Charger comme les autres. Et ça a été fameux, allez, la charge des zouaves à Melegnano ! Avez-vous vu quelquefois la grosse mer battre un écueil? Oui. Et bien c'était tout à fait la même chose. Chaque compagnie grimpait là-haut comme la lame sur le rocher. Trois fois la batterie se couvrit de vestes bleues et de culottes rouges, et trois fois nous vîmes reparaître le terrassement, avec ses gueules de canons, impassibles, comme l'écueil après le coup de mer.

» Mais la quatrième compagnie, la nôtre, devait emporter le morceau. Moi, en vingt bonds, j'arrivai jusqu'à la redoute ; m'aidant de la crosse de mon fusil, je franchis le talus ; mais je n'eus que le temps d'apercevoir une paire de moustaches blondes, une casquette bleue et un canon de carabine qui me touchait presque. Je reçus près de l'épaule gauche un coup tel que je crus que mon bras s'envolait ; je lâchai mon arme, j'eus un étourdissement, j'allai tomber sur le flanc, près d'une roue de caisson, et je perdis connaissance.

*
* *

» Quand je rouvris les yeux, on n'entendait plus qu'un bruit de mousqueterie lointaine. Les zouaves étaient là, formant le demi-cercle, mais en désordre ; ils criaient : « Vive l'Empereur ! » et brandissaient leurs fusils en l'air, à bout de bras.

» Un vieux général, suivi de son état-major, arrivait au galop. Il arrêta son cheval, ôta son képi doré, l'agita joyeusement et s'écria :

» — Bravo ! les zouaves... Vous êtes les premiers soldats du monde !

» J'étais assis près de ma roue de caisson, soutenant piteusement de la main droite ma pauvre patte cassée, et je me rappelais alors le crime affreux de La-Soif, tuant son officier par derrière, en pleine bataille.

» Tout à coup, il sortit des rangs et s'avança vers le général... Oui, lui-même, La-Soif, l'assassin du capitaine ! Dans le combat, il avait perdu son fez, et son crâne rasé apparaissait, traversé par une

IL PRÉSENTAIT UN DRAPEAU...

balafre, d'où un filet de sang lui coulait
sur le front et sur la joue. D'une main, il
s'appuyait sur son fusil ; de l'autre, il
présentait un drapeau autrichien, tout
déchiqueté, avec de larges taches rouges,
un drapeau qu'il avait pris.

» Le général semblait le regarder avec
admiration, le trouver superbe.

» — Hein, Bricourt, dit-il en se tournant vers un de ses officiers d'ordonnance,
regardez-moi ça... Quels hommes !

» Alors La-Soif, de sa voix gouailleuse :

» — C'est vrai, mon général... Mais vous
savez, le premier zouaves !... Il n'y en a
plus que pour une fois.

» — Je t'embrasserais pour ce mot-là,

s'écria le général... Tu auras la croix, tu sais...

» Et répétant toujours : « Quels hommes ! quels hommes ! » il dit encore à son aide de camp une phrase que je n'ai pas comprise, vous savez moi, je suis un ignorant, mais que je me rappelle bien tout de même :

» — N'est-ce pas, Bricourt ? C'est du Plutarque !

» Mais, en ce moment, mon bras me faisait trop de mal ; j'eus une nouvelle syncope et je ne vis et n'entendis plus rien. Vous connaissez le reste. Je vous ai souvent raconté comment on m'a charcuté l'épaule et comment j'ai traîné pendant deux mois dans les ambulances, avec le délire et la fièvre. Aux heures d'insomnie, je me demandais ce que je devais faire, rapport à La-Soif. Le dénoncer ? Oui, c'était mon devoir, mais quoi ? Je n'aurais pas pu fournir de preuves. Et puis je me disais : « C'est un gredin, oui, mais c'est un brave ; il a tué le capitaine Gentile, mais il a pris un drapeau à l'ennemi ! » Et je ne savais que résoudre. Enfin, quand je fus en convalescence, j'appris qu'en récompense de son action d'éclat, La-Soif avait passé avec son grade aux zouaves de la garde et qu'on l'avait décoré. Ah ! cela me dégoûta d'abord de ma croix, que notre colonel était venu m'attacher sur ma capote d'hôpital. Pourtant La-Soif méritait aussi la sienne, après tout ; mais sa Légion d'Honneur aurait dû servir de cible au peloton chargé de le fusiller !... Enfin, tout cela est loin aujourd'hui ; je n'ai jamais revu le sergent, qui est toujours au service, et je suis rentré dans le civil... Mais, tout à l'heure, en voyant cette tunique avec son trou de balle, Dieu sait comment elle est venue là ! pendue chez ce fripier, à deux pas de la caserne où est l'assassin, j'ai songé au crime impuni et il m'a semblé que le capitaine demandait justice.

Je calmai de mon mieux le père Vidal, que son récit avait mis dans une grande exaltation ; je l'assurai qu'il avait agi pour le mieux et que l'héroïsme du sergent de zouaves balançait son crime. Mais, quelques jours après, en arrivant au bureau, je trouvai Vidal qui me tendit un journal plié de façon à ne laisser lire qu'un fait divers, et qui murmura gravement :

— Qu'est-ce que je disais ?

Je pris le journal et je lus ceci :

« Encore une victime de l'intempérance.

» Hier, dans l'après-midi, sur le boulevard de Grenelle, le nommé Mallet, dit La-Soif, sergent aux zouaves de la garde impériale, qui avait fait en compagnie de deux camarades de nombreuses libations dans les cabarets du voisinage, a été pris d'un accès de délire alcoolique, au moment où il regardait de vieux uniformes exposés à la devanture d'un marchand d'habits.

» Devenu tout à fait furieux, ce sous-officier avait tiré son sabre-baïonnette et courait en répandant l'épouvante sur son passage. Les deux militaires qui l'accompagnaient ont eu toutes les peines du monde à se rendre maîtres du forcené, qui ne cessait de hurler dans sa rage : — Je ne suis pas un assassin ! J'ai pris un drapeau autrichien à Melegnano !

» On nous assure en effet que Mallet a été décoré pour ce fait d'armes et que ses habitudes d'ivrognerie invétérées l'ont seules empêché de devenir officier.

» Mallet a été conduit à l'hôpital militaire du Gros-Caillou, d'où il sera prochainement transféré à Charenton, car il est douteux que cet infortuné recouvre jamais la raison. »

Et comme je rendais le journal au père Vidal, il me jeta un regard profond et conclut :

— Le capitaine Gentile était Corse... Il s'est vengé !

LE NAUFRAGE DE « L'INFLEXIBLE »

L'*Inflexible* était une frégate de soixante canons qui prit part, en 1830, au bombardement d'Alger.

Il n'en reste plus rien aujourd'hui, très probablement ; c'est tout au plus si la vieille carcasse démâtée et laissant voir par ses sabords vides le désert de ses batteries, pourrit encore dans un coin de l'arsenal de Brest, transformée en magasin flottant. Et pourtant je connais l'*Inflexible* comme si j'avais fait le tour du monde avec elle.

Je la connais par son modèle, antique chef-d'œuvre fait par le père Clodion, du temps qu'il était à l'École des Novices, modèle de cinquante centimètres de hauteur, du fond de la cale à la pointe du grand mât, et qui reproduit exactement la frégate toutes voiles dehors, sans qu'il y manque un grelin ou un cartahu. Je l'ai assez souvent admiré, ce modèle de l'*Inflexible*, aux heures de ma jeunesse, dans l'atelier du paysagiste Jules Clodion, surnommé Clodion-des-Bouleaux.

C'est chez Bauer que j'avais fait la connaissance de Clodion, et à ce seul nom de Bauer, voilà qu'elles ressuscitent, les lointaines années de temps perdu et de vache enragée.

La brasserie Bauer faisait l'angle d'une rue et d'un boulevard tout là-bas, du côté de l'Observatoire, et servait alors de lieu de réunion à un groupe d'amis auquel j'étais très fier d'appartenir. Vous voyez d'ici le décor. *Jardin et bosquets*, comme disait l'enseigne. Des tonnelles sous de la vigne vierge, des massifs de lilas défleuris et poussiéreux, un gazon où les bouts de cigarettes remplaçaient les fleurs, deux ou trois acacias, l'arbre des guinguettes, et, dans un coin, le bouquet obligé de grands tournesols. On arrivait là vers cinq heures, — plus tôt, par la chaleur, l'endroit n'eût pas été tenable, — et l'on trouvait toujours une discussion d'esthétique entamée autour des verres d'absinthe, une femme en cheveux s'envolant sur la balançoire, et, devant le jeu de tonneau, Clodion-des-Bouleaux lui-même, en pantoufles et en vareuse rouge, lançant d'une main infaillible, tous les palets dans la gueule du lion.

Tout ce monde, dont Clodion était le chef, hélas ! ceux qui survivent sont à présent dans les environs de la quarantaine, a percé ou s'est dispersé. Harivel le chimiste, vient d'entrer à l'Institut, et Lemétreur, le philosophe chauve qu'à cause de ses airs de pontife nous appelions le « Pape en exil », après avoir été successivement gérant d'un journal à mois de prison, je ne sais plus quoi sous la Commune, homme-affiche à Londres et comptable à bord d'un paquebot du Havre à Hambourg, a fini par faire son trou dans les Pompes-Funèbres. Quels contrastes entre les destinées de ces jeunes gens que le hasard sème à poignées sur le pavé de Paris ! J'ai rencontré, l'autre jour, dans Vaugirard, donnant le bras à une femme mise comme une marchande de chansons, ce pauvre Pierre Avril, le Corot de la poésie moderne, le charmant descripteur des chemins sous bois et des coudes de rivières ; il était coiffé d'un gibus roux, portait un vieil habit noir sous son paletot défraîchi et fumait en pleine rue sa pipe en terre. Avec cela, toujours son attitude de grand d'Espagne, Il cherche vainement un éditeur pour son dernier volume, tandis que cet imbécile de Vassal, le peintre de genre, qui se fait prêter, pour les copier dans ses tableaux, des robes par les grandes couturières, entretient une baronne déclassée et galope tous les soirs, dans l'allée des Acacias, sur un bai-cerise de trois mille écus.

Que sont-ils devenus les autres camarades de chez Bauer? Lépicier, le sculpteur, tué à Champigny. Garnisel, mort. Favrot, mort. Pagès, l'externe de la Pitié, c'est encore plus triste : marié, avec une tiaulée d'enfants, et pour leur gagner du pain, médecin chez une somnambule. Et Plock, le caricaturiste à la belle tête frisée de Caracalla? Hémiplégique du côté droit et photographe dans une baraque en planches, au Point-du-Jour, où il a la clientèle des noces du samedi et où il fait le portrait du marié tenant sa femme, en fleurs d'oranger, assise sur ses genoux.

Ce n'est pas gai, tous ces souvenirs de jeunesse !

*
* *

Jules Clodion, un roux à moustaches de Vercingétorix, un Gaulois de Luminais, dont le physique était complété par le nom mérovingien, avait pour père un brave homme de capitaine au long cours, qui, ayant mis de côté quelques économies, était mort au moment où son fils, alors en seconde au collège du Havre, y faisait l'admiration de ses camarades en copiant, hachure pour hachure, des lithographies de Célestin Nanteuil. La mère de Jules n'existait plus depuis longtemps, et la sœur de son père, vieille fille restée paysanne, qui devint naturellement la tutrice du jeune homme, n'opposa aucune résistance à cette fausse vocation d'artiste. La tante et le neveu arrivèrent donc un jour à Paris, avec le bas de laine gonflé de pièces d'or et les meubles du vieux marin, honnête mobilier provincial et nautique, — où ne manquaient ni la longue-vue accrochée aux murs par deux clous, ni les cartes navales sabrées de courants et de vents alizés, ni l'armoire normande bondée de linge, ni les oiseaux des îles empaillés sous un globe, — et dont l'ornement principal était le modèle de l'*Inflexible*, exécuté jadis par le père Clodion, alors que novice au cou hâlé, il crispait la plante de ses pieds nus sur les haubans du vaisseau-école, dans la rade de Brest.

Quand je connus Clodion, il y avait beau temps qu'ils avaient été dépensés, les derniers louis du bas de laine, bons vieux Louis XVIII à la queue, durement gagnés par le capitaine sur la côte du Gabon, à vendre des fusils de camelote aux rois nègres et peut-être à faire un peu la traite. Dans son atelier de misère, au fond de la cour d'un nourrisseur, rue Campagne-Première, il ne restait au peintre, de tout son passé de famille, que le modèle de l'*Inflexible* et que sa tante Modeste, en coiffe de bayeusaine, ahurie comme un pioupiou dans un musée, au milieu de cette bohème où le peintre laissait aller sa vie.

Et il y avait bien là de quoi l'étonner, la pauvre paysanne. D'abord, pourquoi tout le monde appelait-il son neveu Clodion-des-Bouleaux? Elle ignorait la légende, si célèbre à Marlotte. Tout comme un autre, à l'heure de l'effet, Jules s'en allait, son sac sur le dos et son pantalon dans ses bottes, du côté de la Mare-aux-Fées, et à la nuit tombée, quand tous les rapins rentraient à l'auberge et y faisaient une poule à la casserole, en attendant le dîner, il revenait un des derniers et rapportait

JULES S'EN ALLAIT, SON SAC SUR LE DOS ET SON PANTALON DANS SES BOTTES...

aussi son étude. Mais c'était toujours la même : rochers, bruyères et bouleaux, et l'on savait bien comment il l'avait faite. Une fois seul dans la forêt, l'incorrigible fainéant s'était couché, pour fumer sa pipe, auprès de son attirail de peintre, le dos dans la mousse ; puis, au dernier moment, il avait couvert sa toile sans regarder même le paysage, bâclant les éternels bouleaux qui lui avaient valu son surnom, par un procédé de lui bien connu, avec le torchon et le couteau à palette. Car Clodion avait réalisé ce problème : peindre « de chic » d'après nature.

Elle ne pouvait pas savoir cela, la tante Modeste, ni comprendre quel formidable raté était son neveu ; mais je n'oublierai jamais son air de stupéfaction épouvantée les soirs où tout le personnel de la brasserie Bauer déboulait dans l'atelier. Quelles soirées ! A la lueur de quelques bougies plantées dans des goulots de bouteilles, on s'installait, quatre sur le vieux canapé, six sur le lit, en se tassant, les autres où ils pouvaient, et la demi-obscurité donnait un aspect féroce à tous ces visages creusés d'ombre, à ces chevelures fougueuses, à ces calvities de billes de billard, même à la tête ineffablement bête de l'ouvrier-poète, à barbe d'apôtre, qui nous chantait des couplets de sa façon, genre Béranger, sur le Christ républicain et la fraternité des peuples. Et les discussions commençaient bruyantes, interminables. Lemétreur, le philosophe, développait sa théorie du « zutisme », Avril déclamait ses vers, Plock, le dessinateur, prétendait n'avoir plus que trois caricatures à faire pour renverser l'Empire, Garnisel, le farceur jouait sur le clavecin en ruines la marche funèbre du général nègre, en s'asseyant lourdement, de temps à autre, sur le clavier ; et c'était une fureur de confusion et de tapage dans un nuage de tabac.

Souvent alors, je regardais la tante Modeste. Personne ne pensait à elle ; on l'avait oubliée dans son coin, les pieds sur sa chaufferette, les mains jointes sur son ventre, abandonnant dans le creux de son tablier son œuf de buis et un bas de laine à moitié tricoté. Elle n'entendait rien, elle rêvait, les yeux fixés sur l'*Inflexible*, dont on apercevait dans l'ombre, sur une commode, la coque élégante et la svelte mâture.

Sans doute, la petite frégate ne rappe-

lait à la bonne femme, avec quel regret, mon Dieu ! que l'heureux temps où elle tenait la maison de son frère, à Sainte-Adresse, pendant ses voyages, et que les jours de calme où son Jules était encore un petit garçon très doux et très obéissant. Mais, moi, je voulais croire qu'il s'établissait alors, dans la pensée obscure de la paysanne, on ne sait quelle douloureuse comparaison entre les esquisses mal torchées de Clodion-des-Bouleaux, qui couvraient les murailles, et cet objet précis et délicat, produit et témoignage d'un travail consciencieux, d'une patiente industrie.

*
* *

Je perdis de vue le paysagiste ; mais, comme c'était un bon enfant, après tout, je m'informais de lui de temps en temps et j'apprenais avec peine que rien n'était changé dans son existence de paresse, de blague et de désordre.

— Et la tante Modeste vit toujours avec lui? demandai-je un jour à un camarade commun.

— Toujours, la pauvre vieille, et elle lutte de son mieux contre le coulage de la maison. Ah ! elle est héroïque ! Quand elle a réussi à ramasser quelque argent, elle prend une des reconnaissances du Mont-de-Piété... Clodion les fourre toujours dans la tête de mort, comme autrefois... et elle lui dégage une chose indispensable, un paletot d'hiver, du linge... Ce qui est stupide, c'est que cet animal-là continue à lui amener tous les soirs un tas de flâneurs et de noctambules... et il faut que la tante invente une pièce de quarante sous pour le cognac et le sucre des grogs... Cela fait pitié, quand on va chez Clodion le matin et qu'on trouve la pauvre femme en train de balayer la crotte et les bouts de cigares de la veille.

— Et l'*Inflexible?*

— La petite frégate? Elle est encore chez eux... Mais c'est le plus navrant de l'histoire... Tu comprends bien qu'avec la vie qu'il mène, Clodion-des-Bouleaux est souvent en délicatesse avec ses propriétaires... A chaque terme, nouvel orage, et le congé par huissier, et l'expulsion, et la saisie... Voilà trois fois que le mobilier est vendu et qu'on le descend sur le trottoir, tu sais, à côté des brocanteurs juifs qui étalent leurs douzaines de petites cuillers et leurs paires de flambeaux en métal anglais... Parbleu ! la tante Modeste sauve bien quelques épaves, mais à la longue, presque tout y a passé, la lunette d'approche, le bahut normand, les cartes marines. Seulement, jusqu'à présent, elle a toujours pu racheter la frégate... Elle y tient comme à un fétiche, la brave femme ; et Clodion lui-même est devenu superstitieux, et s'imagine que, tant que l'*Inflexible* sera, comme il dit, sur ses ancres, il se tirera d'affaire quand même. Et figure-toi que le hasard lui donne raison et que, si gêné qu'il soit, il a plus de chance encore qu'il ne mérite. Oui, quand il est tout à fait au bout de son rouleau, il trouve toujours quelque aubaine, quelque bricole : une affaire de « bondieuserie » ou de papiers peints. Tiens, en janvier dernier... Oh ! une misère noire... Il était forcé de sortir en chapeau de paille et en veste d'alpaga par dix degrés de froid... Eh bien, il a vendu un petit tableau, son éternelle *Mare aux Fées*, à un marchand américain... Il attribue cela à la frégate... Après tout, ce n'est pas un mauvais sentiment.

Tout ceci est bien loin, bien oublié ; mais hier, sur le boulevard Montparnasse, m'arrêtant par hasard devant un de ces misérables bric-à-brac, où l'on vend des vieux lits de fer, d'affreux édredons rouges et ces anciennes aquatintas napoléoniennes dans lesquelles l'Empereur monte la faction du soldat endormi ou tend la main aux pestiférés d'Égypte, hier, parmi ces hideux débris, j'ai reconnu l'*Inflexible*.

Ah ! le petit navire avait subi bien des avaries. La moitié de ses sabords tout au plus avaient conservé leurs mignons canons de cuivre ; le clin-foc manquait, et plusieurs vergues étaient brisées.

Alors je me suis rappelé qu'il y avait bien longtemps que je n'apercevais plus, aux vitrines de la rue Laffitte, les croûtes de Clodion-des-Bouleaux ; j'ai revu par le souvenir le pauvre raté qui, en somme, avait eu vingt ans en même temps que moi, et la tante Modeste, cette courageuse campagnarde si tristement tombée dans la bohème, et je suis encore tout affligé en pensant qu'ils ont dû tous deux périr corps et biens dans le naufrage de l'*Inflexible*.

LE PARRAIN

Un homme ennuyé, j'adoucis l'expression, ce fut l'ancien quincaillier, M. Matoussaint, le soir où, après lui avoir servi le dessert, sa servante Caroline, les yeux pudiquement baissés et pliant le bas de son tablier comme pour y faire un ourlet, annonça au célibataire qu'elle allait se marier avec le petit serrurier en boutique de la rue du Pas-de-la-Mule.

Rien n'est désagréable comme un changement de domestique, surtout pour un homme à habitudes, pour un vieux garçon de cinquante-cinq ans. Retiré de la quincaillerie avec quinze mille livres de rentes, M. Matoussaint était satisfait de la façon dont il avait arrangé sa vie, depuis dix-huit ans, déjà! dans son petit logement, si gai et si clair, du boulevard Beaumarchais. Caroline était entrée chez lui le jour même de son installation et l'avait toujours servi avec zèle et fidélité. De plus, fine cuisinière, — M. Matoussaint

était un peu sur sa bouche, — et ne craignait personne dans l'art de confectionner le soufflé au fromage. Enfin, une *perle*!

— Eh bien, ma fille, vous faites une bêtise, s'écria brutalement M. Matoussaint en jetant sa serviette. Je le connais de vue, votre serrurier... Un homme plus jeune que vous... Un ivrogne peut-être, qui vous battra... Les femmes sont toutes folles... Et puis, qu'est-ce qu'il peut faire dans ce quartier-ci? Des poses de sonnettes, des ouvertures de portes pour des gens qui ont oublié leur clef?... La misère, quoi !... Mais mademoiselle veut devenir bourgeoise, faire la femme établie... Si vous étiez restée ici, Caroline, je vous aurais couchée sur mon testament... Enfin ça vous regarde, ma pauvre enfant... Mais, je vous le répète, vous faites une bêtise.

Et, ce soir-là, au petit café d'habitués où il avait sa pipe au râtelier, M. Matoussaint fut d'une humeur massacrante, et à propos d'un coup douteux au billard, —M. Revillod, l'emballeur de la rue Amelot, avait « queuté », il faut être juste, —l'ancien quincaillier entra en fureur et déclara à son adversaire, un homme marié et père de famille, doux comme un agneau, que dans sa jeunesse, oui, lui, Matoussaint, quand il voyageait pour son article, il avait eu une querelle, à Sens, avec un sous-officier de dragons, et qu'on s'était rafraîchi d'un coup de sabre, et qu'il ne fallait pas lui échauffer les oreilles, ah ! mais !...

Pourtant M. Matoussaint ne pouvait pas empêcher sa bonne de se marier, et, comme il était bonhomme au fond, bien qu'un peu égoïste, le vieux garçon ! il paya la robe de noce et se fendit même de trois couverts d'argent.

*
* *

Dix mois après, un matin que M. Matoussaint, en robe de chambre était en train de tapoter son baromètre pour savoir s'il pleuvrait, Euphrasie, sa nouvelle bonne, dont il était enchanté, entre parenthèses (ma foi ! s'il avait su qu'il pourrait si facilement remplacer Caroline, il ne se serait pas fait tant de mauvais sang), Euphrasie donc entra et lui dit que son ancienne cuisinière était là, avec son nouveau-né sur les bras, et demandait à lui parler.

M. Matoussaint était de bonne humeur, le baromètre avait monté, et il accueillit gaiement Caroline.

— Le voilà donc, ce bébé !... J'espère que vous n'avez pas perdu de temps.

Caroline a mis sa robe des dimanches, sa belle robe bleue. Il y a de quoi gagner une ophtalmie à regarder ce bleu-là. Avec le geste délicat et prudent des mères et des nourrices, elle écarte le voile et la capeline qui cachent son enfant et, toute fière, le montre à M. Matoussaint.

— Il s'appelle Vincent, dit-elle. N'est-ce pas qu'il est beau ?

Vincent est affreux, rouge comme cuivre ; sa bouche édentée se ferme dans une moue de vieillard et son bonnet lui descend jusque sur les yeux. A peine sa mère a-t-elle exposé son visage à la lumière, que ses paupières dépourvues de cils s'entr'ouvrent ; et le nouveau-né fixe sur le vieux garçon le regard vaguement sévère de ses yeux faïence.

— Monsieur, reprend Caroline... si vous vouliez bien nous faire un grand honneur, à Constant et à moi... Constant c'est mon mari... eh bien, ce serait... ce serait d'être le parrain de mon petit garçon.

Franchement, M. Matoussaint s'attendait un peu à cette requête ; il s'était même dit d'avance : « Je ne peux pas refuser cela... Ce sera l'affaire d'une centaine de francs. » Mais, pour le moment, il ne pense pas au baptême ; il considère, avec un étonnement mêlé d'épouvante, le nouveau-né qui vient de faire une grimace horrible et de baver sur sa collerette, et il se demande comment on peut aimer un monstre pareil.

— Très volontiers, Caroline, Et quel jour, la cérémonie ?

— Dimanche prochain, monsieur, à une heure, entre messe et vêpres, à Saint-Paul.

— Et ma commère ?

— C'est la mère de mon mari... Dame, faudra l'excuser, monsieur... Vous savez... une femme de la campagne.

*
* *

M. Matoussaint a bien fait les choses. Il a repassé son *Credo* et l'a récité fort convenablement, tandis que le prêtre versait l'eau baptismale sur la tête de Vincent, ronde et chauve comme une pomme d'escalier. Ensuite il a offert une belle boîte bleue au curé, donné son bras à la maman en bonnet de paysanne, jeté tout pêle-mêle des dragées, des sous et des haricots aux gamins groupés au seuil de l'église, qui le saluaient du cri traditionnel : « A la crasse ! à la crasse ! » Puis il a ramené les gens du baptême manger un morceau chez lui.

C'est un « lunch » ; il y a des gâteaux, des sandwichs et, Dieu me pardonne, une bouteille de vin de Champagne. Le serrurier le boit à petites gorgées, en clignant de l'œil d'un air de connaisseur ; mais, au fond, il se demande si l'ancien patron de sa femme le croit malade, pour lui donner de la tisane. Quant à la vieille maman, ayant pris dans sa main, avec respect, sa serviette à thé, elle l'examine curieusement, comme un objet singulier et d'un usage inconnu dans le monde civilisé.

Mais M. Matoussaint regarde son filleul, que Caroline tient sur ses genoux, tout démailloté, et qui lève en l'air ses petites jambes arquées, en frottant ses pieds avec force. C'est étrange ! M. Matoussaint ne le trouve plus si laid que l'autre fois. Comme c'est mignon tout de même, ce corps si tendre, si frais, des petits enfants. Et voilà qu'il songe, à présent, qu'il a dû être comme cela, lui aussi, et qu'il a eu une mère, une bonne mère, qui devait le tenir ainsi sur ses genoux et lui embrasser les cuisses à pleine bouche, avec un râle de plaisir, comme fait Caroline à son bébé. Et lorsque la toilette de l'enfant est finie et que la femme du serrurier le remet sur ses bras, le vieux célibataire présente son gros doigt au tout petit qui le saisit dans sa menotte, et il ébauche un sourire attendri dans sa barbe grise.

Ce soir-là, à son café, l'ancien quincaillier fit preuve d'une patience inaccoutumée ; et l'emballeur de la rue Amelot eut beau faire une série de raccrocs et annoncer, d'une voix ironique : « Seize à quinze... Dix-sept à quinze... Dix-huit à quinze... » M. Matoussaint le regarda caramboler, tranquillement, la pipe aux lèvres, en mettant du blanc à son procédé.

*
* *

— Comment va mon filleul? demande M. Matoussaint en entrant dans la forge, quand il passe rue du Pas-de-la-Mule.

Et il passe exprès depuis bien longtemps. Mais, un jour, le serrurier laisse tomber sur l'enclume son marteau et sa barre de fer rougie, il s'essuie la main après sa cotte pour la tendre au bourgeois et répond à sa demande habituelle :

— Mais, pas trop bien, malheureusement, monsieur Matoussaint... Eh ! Zidore, laisse-là le soufflet et monte là-haut dire à ma femme qu'elle descende.

— Qu'est-ce qu'il a? qu'est-ce qu'il a? interroge vivement le quincaillier.

— Est-ce qu'on sait jamais, avec ces mioches?... Il tousse, il tousse... et puis, il est trop rouge, je n'aime pas ça. Ah ! tenez, monsieur Matoussaint, vous êtes bien heureux de ne pas vous être marié et de ne pas avoir d'enfants... C'est un tintouin de tous les diables... Enfin le médecin doit encore revenir cette après-midi.

Mais voilà Caroline, toute dépeignée, en camisole, qui revient avec l'apprenti. Quels yeux battus ! Elle a passé la nuit, bien sûr.

— Eh bien, comment va-t-il? demande le père.

— Pas plus mal, on te le répète depuis ce matin, répond la pauvre femme d'un ton douloureux et impatienté.

— Je vais monter le voir. Menez-moi, dit M. Matoussaint dont la voix s'inquiète.

Mais Caroline entraîne son ancien maître dans le cour.

— Vous ne pouvez pas le voir, monsieur, s'écrie-t-elle en éclatant en sanglots. Le médecin l'a défendu... Il a peur que ce soit le croup... Je n'ai pas encore osé le dire à son père ; il le saura toujours trop tôt, le pauvre homme... Ah ! mon bon monsieur, mon bon maître ! Quelle nuit ! quelle nuit !... Un si bel enfant !... Si fort déjà, à deux ans !...

Et elle parle, elle parle, elle parle, répétant toujours les mêmes choses, comme une folle ; et le vieux garçon, qui lui a pris les mains, sent tomber sur les siennes les larmes de la pauvre mère, lourdes et chaudes comme les premières gouttes d'une pluie d'orage.

— Dites-moi, Revillod, dit ce soir-là M. Matoussaint à son adversaire au billard, qui vient d'exécuter un quatre-bandes magnifique, est-ce qu'un de vos enfants a jamais eu le croup?

— Oui, ma petite Louise... Nous avons eu assez de peine à la sauver.

Et, poussant un soupir d'espoir à la pensée que les enfants ne meurent pas toujours de l'horrible mal, M. Matoussaint rate un coup tout fait, un « coup d'épicier », où il n'y avait qu'à suivre.

*
* *

Il est guéri ! il est guéri !

M. Matoussaint les a invités tous les trois à déjeuner, le père, la mère et l'enfant, pour célébrer cette grande joie. Les huîtres sont sur la table et le bon-

— COMMENT VA MON FILLEUL ?

homme vient de placer avec précaution entre ses jambes, pour la déboucher, une vieille bouteille de chablis.

— Euphrasie, on sonne... Ce sont eux... Allez ouvrir.

Mais le serrurier endimanché entre seul, portant son garçon encore un peu pâlot.

— Comment Caroline ne vient pas?

— Excusez-la, monsieur Matoussaint. Elle est au lit à son tour, la pauvre femme. Mais ce n'est rien... Un peu trop de fatigue, voilà tout, après la maladie du petit.

Il faut le dire, le vieux garçon se console tout de suite de l'absence de la mère. Il a son filleul, son petit Vincent, cela lui suffit. Il n'aime plus que cet enfant au monde, ce qui est encore une façon d'être égoïste.

— Mets-toi là, mon chéri ! s'écrie-t-il, en installant le bébé sur une chaise haute qu'il est allé acheter la veille, oui, en personne, à la *Ménagère*.

Et comme le petit homme empoigne sa cuiller et frappe bruyamment sur son assiette :

— Bébé ! bébé ! dit le père en faisant les gros yeux.

— Laissez-le donc ! s'exclame M. Matoussaint, qui, oubliant sa douzaine d'huîtres, a d'abord pris le plus beau rognon dans le plat mijotant sur un réchaud et a servi Vincent le premier.

Cette fois, le serrurier proteste.

— Ah ! monsieur Matoussaint, nous allons nous fâcher... Vous le gâtez trop aussi.

Mais le célibataire se tourne alors vers son hôte avec une fureur comique, et lui crie, bien en face :

— Vous, le papa, vous allez nous ficher la paix ! Suis-je son parrain ou ne le suis-je pas?

Puis, revenant à son filleul, il prend un couteau et une fourchette, il se penche sur l'assiette de l'enfant et, révélant toute sa tendresse dans ce soin maternel, il lui coupe sa viande en petits morceaux.

LA MÉDAILLE

L'orage matinal a crevé depuis cinq minutes et la pluie chaude fait de grosses bulles dans le ruisseau. Aussi la rue de Sèvres est-elle devenue tout à coup déserte, et là-bas, le long du square du Bon Marché, les petits chevaux de la place de fiacres, immobiles et luisants sous l'ondée, ressemblent aux animaux vernis d'une boîte de joujoux.

Mais l'omnibus qui va de la Chaussée du Maine à la gare du Nord vient de tourner l'angle de la rue de l'Abbé-Grégoire ; les deux poitevins gris-pommelés ont encore donné un bon coup de collier en trottant dans les flaques d'eau ; et, pareils à un peloton de légionnaires romains s'abritant de leurs boucliers, les voyageurs, sortis du bureau d'attente, marchent à l'assaut de la lourde voiture, sous les parapluies criblés par l'averse.

— En avant, les « Nord ! » s'écrie le conducteur sans se douter de l'audace de son ellipse... Trois places à l'intérieur seulement... Le un... le deux... le trois... Personne ne répond... Le quatre... le cinq...

— Voilà... quatre et cinq, dit une voix douce qui sort de la grande cornette blanche d'une sœur de Saint-Vincent de Paul.

— Pas de correspondance ?

Et, après avoir fermé leurs énormes riflards de cotonnade bleue, on n'en voit plus de semblables que dans les congrégations et dans les marchés de campagne, les deux Sœurs de charité montent dans l'omnibus.

— Encore une place, reprend le conducteur... Allons, le six !

C'est encore une femme qui écarte la foule et présente son numéro, une femme du peuple, en bonnet de linge, vieille à vingt-cinq ans, abritant de son mieux sous un en-tout-cas troué le petit garçon aux yeux creux et à l'air malingre qu'elle porte sur son bras et qui se retient à son cou.

— Dites donc, la maman, dit alors le contrôleur ruisselant sous son paletot de caoutchouc, il a passé l'âge, ce « gosse-là », il devrait payer sa place.

— Comment, monsieur? riposte la femme, tâchant d'avoir de l'aplomb... Trois ans et demi...

— Et les mois de nourrice, n'est-ce pas?... Enfin, il fait un trop sale temps... Montez tout de même.

La pauvre femme, un peu honteuse, s'installe à la seule place libre, près de la porte de la voiture, en face des deux religieuses, avec son petit garçon debout entre ses jambes, et, ding ! ding ! ding ! l'omnibus complet se remet en branle, avec un bruit assourdissant de ferrailles et de vitres tremblantes.

Assises à côté l'une de l'autre et toutes pareilles par le costume, les deux Sœurs de charité ne se ressemblent guère.

La plus vieille, une commère d'une cinquantaine d'années, a le solide embonpoint et les bonnes couleurs d'une fermière. Après avoir remis au conducteur six gros sous enveloppés dans un morceau de papier, c'est tout l'argent que les pauvres filles ont sur elles, et la supérieure le leur a donné tout à l'heure, en les chargeant d'une commission pour l'hôpital Lariboisière la grosse Sœur, avec un geste campagnard, a planté son grand panier sur ses genoux et croisé ses mains sur l'anse. C'est une servante du bon Dieu, *ancilla Domini*, mais une servante pour les vulgaires besognes, pour les gros ouvrages.

Sa compagne, au contraire, est encore bien jeune, vingt-trois ou vingt-quatre ans peut-être, et toute sa personne se recommande par ces nuances de délicatesse et d'aristocratie qui ne se peuvent rendre que par un mot ; la race. Seul, le peintre des âmes, Philippe de Champaigne, aurait été capable de reproduire ce visage pâle où s'ouvrent de grands yeux couleur de noisette, visage émacié déjà, avec deux ombres légères sous les pommettes ; et elles sont dignes d'une archiduchesse, les mains transparentes aux doigts fuselés que la jeune Sœur de Saint-Vincent de Paul appuie sur le bec de corne de son vieux parapluie.

Cependant la femme du peuple, — oh ! les bonnes gens, les grands enfants, pleins de confiance et d'abandon, qu'on excite, qu'on affole par des flatteries ignobles ou imbéciles, mais que je connais, allez ! et qui sont pleins de cœur ! — la femme du peuple, la pauvre mère, a tout de suite lié conversation avec le conducteur, un petit sec à barbiche grise d'ancien chasseur de Vincennes, ayant sur sa veste le ruban déteint de la médaille de Crimée, et qui, tout en recevant les trente centimes de la voyageuse, a trouvé un sourire et un mot cordial pour le gamin à l'air maladif.

— C'est vrai, dit-elle, qu'il a été bien malade, le pauvre loup, et, telle que vous me voyez, je viens de le retirer de l'Enfant-Jésus, où il est resté six semaines... Il a encore sa petite figure de papier mâché... Pourtant le vieux décoré, le médecin, qui vous parle comme à des chiens, mais qui a l'air bon enfant quand même, me l'a encore répété tout à l'heure. « Six mois d'huile de foie de morue », qu'il m'a dit, « et ce sera fini... » Pas vrai, Popol?... Il s'appelle Léopold... Et tu ne feras pas la grimace, hein? et tu l'avaleras ton huile de foie de morue... Tu sais, tu l'as promis à maman.

Puis, changeant de ton brusquement et d'un air de malice sympathique :

— Vous avez des enfants, pas? demande-t-elle au conducteur.

— Oui... trois, répond l'ancien militaire. Mais des grands... Trois filles... Mon aînée est mariée depuis un an, et la cadette vient d'entrer en apprentissage.

— Alors, vous savez ce que c'est... Quand la santé du petit a commencé à nous donner de l'inquiétude, ça tombait mal... au mois de juillet, en pleine morte-saison... Mon mari est relieur, faut vous dire, il fait des cartonnages, des « bradels »... Il travaille en chambre, il a une clientèle bourgeoise... Mais voilà, pendant l'été, tout ce monde-là file, s'en va à la campagne, aux bains de mer, est-ce que je sais? Ça lui a pris, à mon pauvre petit, la veille de la fête du 14... C'était à la suite d'un chaud et froid ; il a commencé à geindre, il se plaignait d'étouffer... Et son imbécile de père qui s'amusait tout de même à mettre ses drapeaux, ses ballons rouges et sa petite République de plâtre sur notre croisée... M'a-t-il assez agacée?... Enfin, ces hommes, faut toujours que ça pense à la politique... Leur joujou, quoi?... Mais, le lendemain, ah ! il ne s'agissait plus d'illuminer ! le médecin est venu, il a fait la moue, et il a mis à ce pauvre enfant un vésica- toire dans le dos, grand comme la main... Une *plurésie*! Comprenez-vous ça? A son âge !... Il n'y a pas de honte à l'a- vouer, nous étions gênés, dans le mo- ment... Mon mari va pour toucher deux ou trois notes en retard ; bah ! tout le monde parti... Et puis, il paraît qu'il n'était pas bien chez nous pour gué- rir, notre chérubin... Nous sommes au 32 de la rue des Vinai- griers ; deux petites pièces, et la cham- bre à coucher donne sur un puits d'air... Alors, le docteur a dit : « Faut l'envoyer à l'Enfant-Jésus ; je vous donnerai un mot pour un interne de mes amis... » Ah ! ça a été dur ! Nous l'avons porté là dans un fiacre, même que j'avais mis une paire de draps au Mont-de-Piété pour

dant. Quand il m'a vue revenir seule, avec ma couverture sur le bras, il a jeté sa pipe sur le trottoir, où elle s'est cassée en vingt morceaux ; puis nous sommes revenus à pied en marchant l'un à côté de l'autre sans nous rien dire... Ah ! ces six semaines que Léopold a passées à l'hôpital, je ne les

VAS-Y TOUTE SEULE... J'AI PAS LE COURAGE.

payer la course... Mais, à la porte de l'hôpital, mon homme a embrassé le petit, que je portais, enveloppé dans une couverture de laine, et m'a dit brusque- ment : « Vas-y toute seule... J'ai pas le courage. » Je suis entrée ; les mères, c'est fort ; mais quand l'interne m'a pris Léo- pold des mains, j'ai cru qu'on m'arrachait le cœur !... Alors, je suis allée retrouver son père dehors, qui fumait en m'atten-

oublierai jamais ! C'était l'été, n'est-ce pas? il faisait beau... Eh bien ! pendant tout ce temps-là, il m'a semblé qu'il n'y avait plus de soleil !... Oui, je pouvais le voir le dimanche et le jeudi, et, malgré la consigne, je lui apportais des douceurs, des bêtises... comme ça, cachées sous mon châle... et on me disait qu'il allait mieux, qu'il guérirait sûrement... Mais, une fois dans la rue pour m'en retourner, va te promener, je pleurais comme une fontaine. Et il fallait les ravaler, ces larmes-là, et ne pas revenir à la maison avec les yeux rouges, à cause de mon homme, qui ne pouvait pas m'accompagner, car il avait retrouvé de l'ouvrage... Il souffrait autant que moi de l'absence du petit, voyez-vous bien, tout en faisant le brave..., et, une fois que je revenais du marché, j'ai surpris mon pauvre mari qui sanglotait devant un vieux mouton de carton à Léopold, qu'il avait posé sur son établi !... Enfin, c'est fini, c'est bien fini, toute cette misère ! s'écrie la femme en mangeant son fils de baisers. Et tu vas le revoir ton papa ; il est en train ne nous préparer à déjeuner. Et tu vas te bien porter, mon loup, et tu vas devenir gros et fort !... Il a déjà de bonnes petites joues... Et tu voudras bien de ton huile de foie de morue, pour faire plaisir à ta mère... N'est-ce pas, mon roi.

*
* *

Pendant que la pauvre femme parle, dans l'abondance de son cœur, le conducteur de l'omnibus, c'est un père de famille, et la vieille Sœur de Saint-Vincent de Paul, c'est une bonne femme, l'écoutent avec un sourire encourageant. Mais à quoi songe l'autre religieuse, la jeune Sœur si pâle, aux mains patriciennes, qui a baissé sur ses yeux le voile de ses cils de velours, comme pour s'absorber dans sa méditation.

Elle songe que cela existe pourtant, deux êtres qui sont unis pour le bonheur et pour l'infortune, et qui s'aiment, et qui ont à eux un petit enfant ; elle songe qu'autrefois, oh ! il y a très longtemps, bien avant que ses mains charitables eussent touché aux misères humaines, elle a fait un rêve, un pur et noble rêve, dont elle retrouve comme un vague souvenir dans les sentiments naïfs exprimés par cette femme du peuple. Elle songe au passé, elle se souvient...

Elle s'appelait alors Annette de Cardaillan ; elle sortait du Sacré-Cœur, et, dans l'hôtel du duc, son père, la haute croisée de sa chambre de jeune fille s'ouvrait sur le jardin. C'était au printemps, et elle voyait l'intérieur d'un marronnier fleuri, tout vibrant de chants d'oiseaux. Alors son oncle l'archevêque avait parlé à ses parents de ce mariage... Lord Caven-dale, la plus ancienne noblesse d'Irlande... Et elle entend le triste thème en mineur de la mazurka hongroise que jouait l'orchestre voilé, au bal de la première entrevue... Comme il l'avait troublée dès le premier regard, ce jeune homme si correct, à qui sa chevelure en brosse, sa courte barbe rousse et ses yeux de diamant noir donnaient l'aspect royalement fatal d'un Valois !... Douglas ! il se nommait Douglas !... Et, pendant six mois, elle avait bien souvent prononcé ce nom à demi-voix, pour elle seule, avec un sourire de tendresse... Elle n'aimait pas cependant, chez lui, tout à coup, ce regard trop hardi, ce mauvais rire... Puis, un jour, brusquement, son père était parti avec elle pour un de ses châteaux, au fond de l'Auvergne. Elle avait enfin osé demander des nouvelles de son fiancé, et le vieux duc, pourpre de colère, lui avait seulement ordonné de ne plus prononcer ce nom devant lui... Elle avait obéi, avec douleur, sans comprendre, jusqu'au jour où un journal, tombé par grand hasard sous ses yeux, lui avait appris l'effroyable scandale, cette querelle dans un restaurant de nuit, ce duel pour une fille de théâtre, cet homme froidement tué par lord Cavendale d'un coup de spadassin, toute cette honte étalée en cour d'assises!.. Et les dates ! les terribles dates !... Puis c'était sa longue maladie, et le nom de Douglas répété dans le délire, et l'étoile trouble de la veilleuse au fond des ténèbres de l'insomnie ; puis ses navrantes promenades de convalescente, en automne devant le panorama des montagnes, sur la terrasse du château que les platanes jonchaient de leurs grandes feuilles jaunes et où elle se sentait si triste en suivant des yeux la fuite des nuages chassés par le vent du nord-ouest, qui se déchiraient aux cimes... Enfin, elle prenait sa grande résolution et, malgré la douleur de son père, malgré les conseils de son oncle, monseigneur de Cardaillan, accouru en hâte de son diocèse, elle prenait l'habit des Filles de la Charité... Et depuis six ans, elle pansait des plaies qui lui paraissait moins incurables que celle de son cœur, elle veillait des agonisants qu'elle enviait presque de partir avant elle !... Et voilà qu'elle se rappelait tout à coup que, si morte au monde qu'elle se crût, elle avait pourtant conservé et portait encore à son cou la petite médaille bénie par le Pape, que lord Cavendale lui avait rapportée d'un court voyage en Italie...

O faible cœur !

*
* *

En ce moment, sa compagne lui touche le bras légèrement, la croyant endormie.

— Réveillez-vous, ma Sœur... nous voilà tout à l'heure au boulevard Magenta.

Mademoiselle Annette de Cardaillan, en religion sœur Sainte-Ursule, ouvre les yeux et revoit tout d'abord devant elle cette femme avec son petit garçon sur les genoux, cause involontaire de sa rêverie.

Vivement, elle porte la main à son cou, introduit avec quelque peine deux de ses doigts sous le calicot empesé de sa guimpe et retire de là une petite médaille d'or, retenue par un mince cordonnet que la religieuse brise d'un coup sec ; puis, mettant l'objet, encore moite de la chaleur de son sein, dans la main de la femme du peuple :

— Faites-moi le plaisir, madame, lui dit-elle, d'accepter ce souvenir et de le suspendre au cou de votre cher petit malade... C'est une médaille qui a été bénie à Rome, il y a six ans, par notre Saint-Père le Pape.

Et, se dérobant aux remerciments embarrassés de la mère, la Sœur de charité suit sa grosse camarade, qui est déjà descendue de l'omnibus et qui trotte bravement dans la boue.

Le conducteur, il a un numéro de l'*Intransigeant* dans la poche de sa veste, aurait bien envie de lâcher quelque incongruité ; mais c'est un ancien caporal de chasseurs à pied, qui a eu la moitié d'une oreille coupée par une balle russe à Balaclava, et qui respecte les dames. D'ailleurs, la pauvre mère regarde la médaille bénite d'un air sérieux et ému. « Français et militaire », comme dit la chanson, le conducteur se contente donc de sourire dans sa moustache grise, par égard pour le beau sexe.

L'OUVREUSE

Je venais de confier ma pelisse à l'ouvreuse et j'allais entrer dans le vomitoire des fauteuils d'orchestre, lorsque je vis paraître, au fond du corridor, la barbe blanche du vieux sculpteur Louis Sénéchal, et, voulant lui demander de ses nouvelles, j'attendis qu'il se fût aussi débarrassé de son paletot.

J'aime Sénéchal d'une amitié respectueuse, faite d'admiration pour son talent et d'estime pour son caractère. Je sais quel idéal pur, quel tendre bonté, se cachent sous l'enveloppe rude de ce vieil artiste, que les bonnes gens du faubourg Saint-Jacques connaissent bien, pour le voir, tous les matins, fidèle à ses habitudes populaires, se débarbouiller à la borne-fontaine du coin de la rue du Val-de-Grâce. Il m'a conté lui-même, dans son atelier, tout en roulant ses boulettes de terre glaise et en blaguant avec le modèle, sa vie d'autrefois, sa vie de travail et de misère ; et maintenant qu'il est illustre et qu'on a attaché des palmes d'académicien et une croix d'officier sur sa blouse de maçon, je sais quel noble usage il fait de la petite aisance qui lui est venue avec la gloire ; on m'a révélé ses charités discrètes et comment il abandonne son traitement de membre de l'Institut à une pauvre juive accablée de famille qui avait, il y a vingt-cinq ans, un des plus beaux corps de Paris, et qui a posé jadis pour l'*Hécube* de Sénéchal, la statue d'où date sa réputation.

Puis je tenais à le voir avant le commencement du spectacle et à parler avec lui de son ami Octave Firmez, de ce poète mort, il y a dix ans déjà, dans une obscurité complète, et dont la renommée avait tellement grandi depuis lors que la première représentation de son drame posthume, *les Chevaliers errants*, attirait, ce soir-là, à l'Odéon, tout le Paris artistique et mondain.

— Vous avez toujours le 63? me demanda-t-il en m'apercevant et en me donnant la main.

— Et vous toujours le 65?

— A merveille... Nous causerons un

peu dans les entr'actes. Mais attendez que je quitte ma « pelure », dit-il en employant un de ces mots de l'argot faubourien dont cet ancien gamin de Paris n'a jamais pu se défaire et avec lesquels il s'amuse parfois, assez malicieusement, à scandaliser ses confrères de l'Institut et du Jury.

En ce moment une voix de femme se fit entendre auprès de nous.

— Donnez-moi votre pardessus, monsieur Sénéchal, lui disait l'ouvreuse.

Je vis alors une chose singulière. Le sculpteur en tenue de soirée, la rosette rouge à la boutonnière, et la petite vieille, toute ratatinée, en pauvre robe noire, en bonnet à rubans roses, se regardèrent, se prirent les mains, et leurs yeux se remplirent de larmes. Puis, sans s'inquiéter des habits noirs qui se pressaient dans le corridor, Sénéchal embrassa l'ouvreuse sur les deux joues.

— Du courage, ma pauvre Clémence ! lui dit-il d'un accent profondément ému... Et c'est convenu, n'est-ce pas ? Je vous reconduirai chez vous après le spectacle. Nous irons à pied, bras dessus, bras dessous, et nous parlerons de lui... Mais, au moins, verrez-vous *sa* pièce ?

— Oui, répondit la vieille femme, on m'a réservé un strapontin près de la porte ; c'est une grande faveur... Mais pardon, monsieur Sénéchal, mon service me réclame.

Et tandis que l'ouvreuse se remettait à sa récolte de paletots et de parapluies, le statuaire, souriant tristement à mon regard étonné, me saisit le bras et m'entraîna dans la salle.

— Allons nous asseoir, fit-il d'une voix altérée. Je vous donnerai tout à l'heure l'explication de la gravure... Une cruelle et douloureuse histoire, allez ! mais consolante tout de même, puisqu'elle prouve qu'il y a encore des cœurs désintéressés... Silence ! On frappe les trois coups.

*
* *

On se rappelle le magnifique succès des *Chevaliers errants*, avec lesquels l'Odéon fit salle comble pendant plus de cent représentations. Cette action épique, ces amples et nobles vers qui ne se peuvent comparer qu'à ceux de la *Légende des Siècles*, soulevèrent, dès les premières scènes, de longues acclamations d'enthousiasme. Bien qu'engourdi depuis vingt-

cinq ans par le prêchi-prêcha des pièces à thèses et les flonflons égrillards de l'opérette, le public se réveilla quand ce grand souffle d'inspiration et de poésie vint le frapper en plein visage. Il n'y eut même pas, ce jour-là, le sourd murmure des petites haines et des mesquines envies. L'auteur était mort depuis dix ans ; il n'avait plus d'ennemis. Dès la fin du premier acte, le succès prit le caractère d'un triomphe.

— Allez, mes bons amis ! Claquez, battez des mains ! s'écriait Sénéchal tandis que le rideau s'abaissait lentement sur les acteurs, déjà rappelés à grands cris et saluant une dernière fois, avec un sourire heureux et fatigué. Tout cela n'empêche pas que vous avez laissé Firmez crever de faim pendant dix ans et qu'il n'a pas trouvé, de son vivant, un théâtre pour jouer sa pièce. Applaudissez, mes amours ! Il est bien mort, il n'en fera plus !...

— Firmez a-t-il donc été si malheureux ? demandai-je alors au vieil artiste, pour lui remettre en mémoire la promesse qu'il m'avait faite.

— Oui, me répondit Sénéchal, du moins pendant toute sa jeunesse. C'est même pour cela qu'il a si peu produit ; car ce pauvre poëte, qui aurait eu besoin de rêverie et de paresse, a été forcé trop longtemps d'accepter de basses besognes pour vivre, de bâcler des compilations à un ou deux sous la ligne pour des faiseurs d'encyclopédies et de dictionnaires. Plus tard, il a été enrichi par un héritage... Mais, tenez, voilà que la salle se vide. L'entr'acte sera long et mon histoire est courte. Écoutez-la.

« Quand j'ai connu Firmez, nous avions tous deux vingt-cinq ans, il venait de lâcher ses études de droit pour faire de la littérature. Brouille avec la famille, naturellement. Le père, notaire en province, un bourgeois féroce, lui avait coupé les vivres. Mais, à cet âge-là, on s'amuse de tout, même de la misère. D'ailleurs, on savait qu'Octave avait des parents aisés ; il pouvait faire quelques dettes, et il n'était pas le plus « panné » d'entre nous, au contraire. Même, quand il venait, dans mon atelier de bohème, au fond de Vaugirard, nous l'attrapions sur ses cravates tapageuses et ses gilets de velours, et nous l'appelions *le mirliflor*. Octave était alors un très joli brun, aux longs cheveux bouclés, avec une barbe follette et des yeux de chèvre amoureuse, et il exerçait de grands ravages parmi les grisettes du Quartier Latin ; c'est ainsi qu'il connut Clémence.

— Comment? m'écriai-je en interrompant Sénéchal. Clémence?... cette vieille femme que tout à l'heure...

Enfin que vous dirai-je? Il y avait bien deux ou trois d'entre nous qui l'avaient vue mettre son corset... Octave l'avait rencontrée au Prado. Ils s'étaient lâchés, puis repris, puis lâchés encore, quand, un soir que j'entrais avec Octave dans notre gargote, voilà que nous y trouvons Clémence, assise devant un bouillon qu'elle

IL EMBALLE LA PAUVRE ENFANT DANS UN FIACRE...

— Parfaitement, et, pour dire la vérité, ce n'était pas quelque chose de bien relevé à cette époque-là, que cette pauvre Clémence. Vingt ans, jolie comme une Anglaise, quand elles s'y mettent, une taille à tenir dans les deux mains et une forêt d'admirables cheveux, couleur de marron d'Inde qui sort de sa coque... Mais quoi? Orpheline, lâchée sur le pavé de Paris avec le goût du plaisir et un de ces métiers de femme qui n'en sont pas...

ne buvait pas et grelottant de fièvre. Nous l'interrogeons ; un étudiant en médecine qui se trouvait là, s'en mêle : c'était une fluxion de poitrine et carabinée encore. Que faire? La fillette logeait dans un méchant garni ; pas d'argent. Le carabin prononce le mot d'hôpital et elle se met à pleurer. Octave avait bon cœur ; il emballe la pauvre enfant dans un fiacre, la conduit chez lui, la veille et la soigne comme eût fait une sœur grise, la guérit, ne la met pas à la porte, bien sûr, quand elle entre en convalescence... et en voilà pour vingt ans !

— Quoi?... Lui, Firmez ! Un poète !... avec cette fille...

— Cette fille, mon cher, était une pauvre enfant de la rue et de la nature, qui avait fait des bêtises à vingt ans comme les oiseaux en font au mois d'avril ; mais son cœur était bon, simple et droit, et la reconnaissance fit d'elle pour Octave la meilleure, la plus fidèle, la plus dévouée des compagnes. Justement les mauvais jours étaient venus ; les fournisseurs savaient que Firmez était décidément brouillé avec sa famille ; l'œil était fermé ; il fallait travailler pour vivre. Ah ! la chienne d'existence qu'il a menée pendant dix ans, le poète ! Deux chambres au cinquième, dans Plaisance, d'où il filait tous les matins, sur l'impériale de l'omnibus, pour aller potasser les bouquins de la bibliothèque de la rue Richelieu et prendre des notes ; c'est alors qu'il piochait pour un tas de Larousse ; puis le retour à la nuit tombante, le pauvre fricot préparé par Clémence et mangé sous la petite lampe-modérateur à abat-jour vert, avec les deux couverts de ruolz qui montrent leur cuivre et les serviettes de huit jours qu'on roule encore dans leurs ronds, après un dessert de nèfles et de fromage ; et puis, toute la soirée, jusqu'à deux, trois heures du matin, la « copie » ! La copie qui se paye au kilomètre, la copie fastidieuse et écrite mécaniquement, à la hâte, sur la toile cirée du dîner desservi, à côté du poêle de blanchisseuse, où mijote le café nocturne ! Il serait mort de cette vie-là, le poète, s'il eût été seul. Mais il avait auprès de lui cette fille du peuple, qui s'était rappelé son métier de fleuriste pour gagner au moins les légumes du pot-au-feu, cette vaillante et douce créature, qui était courageuse comme une paysanne à la moisson et mignonne et jolie comme une amazone d'Hyde-Park. Il avait auprès de lui cette femme, assez héroïque pour n'avoir pas prononcé pendant dix ans la fameuse phrase : « Je n'ai plus une robe à me mettre », cette gentille amie, qui d'heure en heure, pendant qu'il abattait sa maussade besogne, venait écarter ses cheveux emmêlés sur son front et y déposait son rafraîchissant baiser ; et s'il n'avait que peu de temps à donner au sommeil, il dormait au moins sur un

cœur dont il était sûr... Et maintenant, jeune homme, appelez ça, si vous voulez, un « collage » avec une fille !

*
* *

— Pourquoi ne l'a-t-il pas épousée, après tant d'années de vie commune, après une si longue épreuve?

— Attendez donc, c'est là toute l'histoire... Octave était aimé, adoré, mais il n'aimait pas et s'acoquinait seulement dans une habitude. Un beau jour, crac! son père meurt subitement, il hérite de vingt mille francs de rente. Ah ! il ne fut pas ingrat ! Clémence eut des boutons de diamants aux oreilles et promena de charmants peignoirs bleus dans l'aimable logis d'artiste qu'il s'arrangea tout d'abord ! Mais il voulait un peu vivre, voir du monde, et c'était bien naturel. Ses premiers vers publiés, ses *Poèmes héroïques*, que tous ceux qui l'applaudissent aujourd'hui ont si bêtement niés et bafoués alors, l'avaient tout de même bien posé dans l'opinion des gens qui s'y connaissaient, des poètes, des vrais. On l'invita, on l'attira dans certains milieux faciles. Toujours joli homme, bien que fatigué, il plut aux femmes, et voluptueux comme une chatte, il eut une kyrielle de bonnes fortunes. Ah ! la pauvre Clémence peut se vanter d'avoir été trompée. Elle le savait, c'est certain. En souffrait-elle ? Du moins elle n'en fit jamais rien paraître. Son miroir lui avait dit sans doute qu'elle s'était bien fanée, pendant les années de misère, et puis, avec l'âge, sa tendresse pour Octave avait pris cette indulgence quasi maternelle qui excuse les faiblesses de l'homme aimé, et en sourit même quelquefois, avec une espèce de fierté. Cela n'est pas rare dans le peuple, et elle en était, de voir une commère sur le retour raconter à ses voisines les fredaines de son bel homme de mari et conclure, en haussant gaiement les épaules : « Bah ! je l'ai quand je le veux ! »

« Le temps passa, et Firmez, qui n'avait que quelques poils gris aux tempes, malgré ses quarante-cinq ans, avait continué à brûler le cierge par les deux bouts et à se consoler de ses déceptions littéraires, —le succès se faisait toujours attendre,— par ses victoires galantes. Quant à Clémence qui touchait à la quarantaine, il faut bien l'avouer c'était déjà pres-

IL AVAIT AUPRÈS DE LUI CETTE FEMME.

que une vieille femme. Mais un soir d'été comme nous étions là, chez Firmez, quelques intimes, à boire des grogs et à fumer des pipes, voilà qu'Octave, qui depuis quelque temps se plaignait de palpitations, s'évanouit sur son canapé. Il se remet bien vite, sans doute ; mais, là-dessus, terreur de la pauvre Clémence. Un médecin de nos amis, consulté, fait une réponse qui n'était ni figue ni raisin, et conseille de voir le fameux Bouillaud. Celui-ci rassure Octave, mais nous apprenons la vérité. Le poëte avait la maladie des libertins, des artistes et des chevaux de cirque, une maladie de cœur très grave, mortelle.

» Elle ne fit pas d'abord de grands progrès. Firmez, toujours souffrant, mais devenu sage et admirablement soigné par Clémence, s'attendrissait sur le dévouement et la bonté de sa vieille amie. Comme nous dinions un jour chez lui, tous les trois, il me dit en me passant le saladier :

» — Tu sais ce que nous avons décidé, Clémence et moi... Voilà vingt ans que nous vivons ensemble, et nous ne sommes pas mariés, c'est trop bête... Un de ces quatre matins, tu viendras nous prendre avec trois amis, nous irons faire un tour à la mairie et à l'église et l'on rentrera déjeuner à la maison.

» — Bravo, fis-je en regardant Clémence.

» Elle avait des larmes plein les yeux.

» — Hein ! comme il est bon, mon Octave, me dit-elle. Mais, vous savez, Sénéchal, je ne veux de la cérémonie que lorsqu'il sera tout à fait rétabli, tout à fait grand garçon... Ah ! c'est comme ça... Je prétends avoir un bel épouseux pour me conduire chez monsieur le curé !

» Hélas ! quinze jours après, il était au lit, l'épouseux, au lit pour ne plus sortir. Un éreintement de première classe de son dernier livre, sa pièce refusée au Théâtre-Français, l'avaient achevé. Et Bouillaud, qu'on avait fait revenir et qui répétait : « Pas d'émotions ! » Les amis du poëte déploraient d'avance sa perte, mais moi, tout en partageant leur chagrin, je songeais aussi à la compagne de toute sa vie, à la bonne Clémence. Firmez était trop léger pour avoir fait un testament. S'il ne l'épousait pas avant de mourir, que deviendrait-elle ?

» Je pris le parti d'en parler à la pauvre femme, mais, dès les premiers mots, elle tomba en sanglotant dans mes bras.

» — Jamais, s'écria-t-elle, jamais, entendez-vous Sénéchal, je n'aurai ce courage-là... Lui rappeler sa promesse ! Mais ce serait lui faire comprendre qu'il est perdu !... Et il ne s'en doute pas, mon ami, il croit qu'il sera sur pied au printemps, il se fait toutes sortes d'illusions... Et le médecin m'a fait espérer que ce serait ainsi jusqu'à la fin et qu'il aurait une mort très douce... Mais, en lui parlant de ce mariage, je hâterais sa mort, je le tuerais !... Jamais, je vous dis ! jamais !... Oh ! je sais ce qui m'attend... Les héritiers me chasseront, je serai dans la misère... Allez, quand je l'aurai perdu, je n'aurai plus besoin de rien !... Ce n'est pas sage ? Ce n'est pas raisonnable ? Mais a-t-il été raisonnable, a-t-il été sage, lorsque, pauvre étudiant, il m'a amenée, mourante, dans sa chambre d'hôtel, moi, une traînée ! et qu'il m'a soignée comme une Sainte-Vierge ?... Je puis m'en vanter, Sénéchal, je ne lui ai jamais donné un chagrin, un souci... et, puisqu'il est condamné, tout ce que je demande au bon Dieu, c'est qu'il meure dans les bras de sa vieille camarade, sans s'en douter, et en me voyant sourire !

**

» Et il est mort ainsi, jeune homme, ajouta le vieux statuaire en posant sur mon bras une main tremblante d'émotion; et elle ne m'a jamais laissé seul près du malade ; elle était toujours là, me suppliant des yeux de ne rien dire, et elle a payé d'une fortune la douloureuse joie d'adoucir l'agonie de celui qu'elle aimait et qui s'était tué à la tromper avec un tas de coquines. Dès le lendemain de sa mort, d'horribles parents de province, d'infâmes héritiers... Oh ! les bourgeois ! s'écria Sénéchal en secouant sa crinière blanche de vieux romantique, voyez-vous, à « la prochaine », nous ne les guillotinerons pas : c'est une mort trop noble pour eux. Mais nous inventerons, oui, j'inventerai, moi, pour les tuer, une machine à coups de pied au derrière !... Eh bien, ces bourgeois, les héritiers de Firmez, furent impitoyables : ils prirent tout et ils balayèrent Clémence avec les ordures du logement vidé !... On s'est occupé d'elle, cela va sans dire. Bordier, l'auteur dramatique, lui a fait obtenir cette place d'ouvreuse ; ce n'est pas tout à fait assez pour qu'elle vive, mais il n'y a pas que des cœurs durs, heureusement, et enfin... enfin elle vit.

— Je vous entends, fis-je en serrant la main du sculpteur.

— Et dire, reprit-il en se frappant le front, que si cette pauvre bonne femme n'avait pas eu dans le cœur tant d'exquise délicatesse, elle s'appellerait aujourd'hui madame Firmez, qu'elle serait assise là, dans cette avant-scène, et que les gilets à cœur viendraient lui faire leurs compliments, tandis que, au lieu de cela, elle est dans le corridor à ranger les paletots et les cannes. Enfin, ce soir, elle est bien heureuse ; elle entend applaudir le nom de son Octave, et ces beaux vers auxquels elle ne comprend rien, mais qu'elle admire sans comprendre... Et c'est peut-être ce qu'il y a de plus grand au monde, jeune homme ; cela s'appelle la Foi... Eh bien, je veux qu'aujourd'hui elle fasse la partie complète... Tous les dimanches, elle dîne à la maison, et je fais servir la soupe à

cinq heures pour qu'elle arrive à temps à son théâtre... Mais ce soir, parbleu, je l'emmènerai souper, comme Octave faisait, les jours de « premières », et nous parlerons de lui jusqu'à deux heures du matin !... Mais taisons-nous, le deuxième acte va commencer.

*
* *

Et c'est pourquoi, ce même soir, vers minuit et demi, me trouvant au café Voltaire, auprès d'un groupe de jeunes élèves de l'École des Beaux-Arts, je m'amusai beaucoup de leur stupéfaction, quand ils virent entrer et se diriger vers l'escalier des cabinets particuliers, leur illustre professeur, M. Sénéchal, membre de l'Institut et officier de la Légion d'honneur, donnant le bras à une petite vieille en bonnet à coques, qu'ils reconnurent pour la mère Clémence, ouvreuse des fauteuils d'orchestre à l'Odéon, côté des numéros impairs, ou, pour parler plus correctement, côté jardin.

TABLE

Pour paraître le 1ᵉʳ Janvier 1914, le nᵒ 87 :

NOUVELLE COLLECTION ILLUSTRÉE
CALMANN-LÉVY

L'ouvrage complet, **95** centimes. Relié, **1** fr. **50**

PIERRE LOTI
DE L'ACADÉMIE FRANÇAISE

MATELOT

Illustrations de FIRMIN VOUISSET.

NOUVELLE COLLECTION ILLUSTRÉE
CALMANN-LÉVY

Paris. — Imp. L. Pochy, 52, rue du Château. — 1158-13.

.